Vélo volé

Francine Pascal

Vélo volé

Traduit de l'américain par Ève Cloquet

Aventures et récits de
l'école des loisirs
11, rue de Sèvres, Paris 6e

Titre original : « The Hand-Me-Down Kid » (1980, Viking Press, New York).
Maquette et composition : Sereg, Paris (Bembo 13/15).
Loi n° 49956 du 16 juillet 1949 sur les publications destinées à la jeunesse : septembre 1986.
Dépôt légal : septembre 1986.
Imprimé en France par S.E.P.C., Saint-Amand-Montrond.
En août 1986 - N° d'Imp. : 7705 - N° d'Édit. : 1480

Pour ma fille Susan

1

«Non, non, non et encore non! Tu dois être vraiment givrée pour t'imaginer que je te laisserai approcher tes crasseux petits doigts de mon nouveau cachemire! Tu es bien secouée, petite crétine. Maintenant, tu évacues ma chambre et tu n'y reviens plus sans frapper. Jamais! Et tu fermes la porte en partant!»

Ça, c'était ma sœur Élisabeth qui me parlait. Elle pense que probablement elle ne me prêtera pas son pull aujourd'hui. Les gens vous disent: «Demande toujours, ça ne te tuera pas», mais avec Élisabeth, il y a des jours ou je n'en suis pas si sûre.

«Ari?» Au bout de quelques minutes, la tête d'Élisabeth apparaît. Cette fois elle a une voix toute neuve, comme si nous venions de faire connaissance.

«Que fais-tu?»

«Rien.»

«Veux-tu me rendre un service, Ari?» d'une voix presque chantante.

«Je ne dis pas non.»

«Ce qui signifie?» Elle reparle normalement. «Si tu ne veux pas me rendre un simple petit service, il faut le dire.»

Élisabeth est beaucoup plus vieille que moi. Elle a seize ans et je n'en ai que onze, et bien que l'ayant connue toute ma vie, je continue à me tromper sur elle et elle se met continuellement en colère contre moi.

«J'ai dit oui», je réponds.

«La belle affaire. Tu es merveilleuse. Laisse donc tomber.»

«Eh non. Je veux le faire. Je te jure!» Je ne sais pas comment cela se fait mais je finis toujours par mendier de pouvoir lui rendre un service. C'est peut-être complètement idiot mais je ne veux pas avoir l'air aussi mesquin qu'elle.

«Mais tu le fais tout de suite ou tu laisses tomber et je le fais moi-même.»

«Je suis prête à y aller tout de suite.»

«Bon... d'accord...» dit-elle et la voilà qui me regarde comme si elle attendait des remerciements. Je ne la remercie pas, du coup elle hausse les épaules devant mon ingratitude et m'ordonne de foncer à la cave pour vérifier si elle a bien verrouillé à double tour la chaîne de son nouveau vélo. Elle nous les gonfle avec cette bicyclette. C'est une Peugeot, un vélo grand luxe, dix vitesses, qu'elle vient de recevoir pour ses seize ans. Je suis même étonnée qu'elle me laisse toucher aux cadenas. En un mois, depuis qu'elle l'a reçue, je n'ai jamais pu approcher plus près de sa précieuse bécane.

«Bon», elle commence à me donner des instructions comme s'il s'agissait d'un bébé et non d'une bicyclette, «d'abord, il ne faut absolument pas que la bécane de Hank» – c'est un gosse qui habite l'étage en dessous – «s'appuie sur la mienne; après, tu vérifies que les deux cadenas sont fermés et que la housse est bien mise.»

Vous saviez qu'il existait des housses pour les vélos? C'est une chose que j'ai apprise depuis qu'Élisabeth en a un.

Elle est tellement cinglée pour tout ce qui touche à cette bicyclette qu'elle a pleuré pendant presque une heure entière quand mon père lui a dit qu'elle ne pouvait pas la garder à la maison. Il était d'accord pour qu'elle la prenne dans sa chambre mais elle n'est pas folle à ce point. Elle voulait la laisser dans l'entrée et il a dit que non, que tout le monde trébucherait dessus, alors elle a suggéré qu'on lui trouve une place dans ma chambre. Moi, je n'étais pas contre mais mon père a dit que c'était hors de question et qu'il ne le permettrait jamais quoi que je dise. Tant mieux, car, en vrai, je n'avais aucune envie de l'avoir dans ma chambre. Mais je n'avais pas le culot de le lui dire. Surtout que c'était le premier mot gentil qu'elle m'avait adressé de toute la semaine.

Liz était vraiment furieuse parce que, selon elle, la cave était sale et elle avait peur qu'on lui égratigne ou qu'on lui vole la bicyclette. Mais mon père a dit qu'il allait lui acheter des verrous spéciaux et que si elle pensait à bien les fermer, personne ne pourrait la voler. Ensuite ma mère a proposé d'utiliser une espèce de housse pour la protéger. Liz pleurait toujours et les parents continuaient à dire non et c'était vraiment bizarre parce qu'elle ne pleure presque jamais, mais quand elle le fait elle obtient généralement ce qu'elle veut. En fait, j'ai l'impression qu'Élisabeth Jacobs obtient toujours ce qu'elle veut. Je crois que tout le monde a peur de lui dire non.

Moi, j'ai peur, je le sais bien.

D'ailleurs mes parents savent que s'ils ont besoin de dire non à quelqu'un, ils peuvent toujours s'adresser à moi pour ça.

Nous habitons au troisième étage d'un immeuble à Greenwich Village. Dans New York. C'est un petit immeuble de huit étages seulement, et très vieux, mais tous ceux qui vivent là l'adorent. Bill et Wally – les deux vieux employés de service – sont tout le temps en train de frotter les cuivres et de balayer par terre. Dehors, il y a une bouche d'incendie ancienne en cuivre qui brille tellement qu'on peut s'y voir.

Notre appartement est plutôt grand. Il y a assez de pièces pour que chacun d'entre nous, les enfants – ma sœur Élisabeth, mon frère Neddy (il a quatorze ans et je le hais) et moi – ayons nos chambres à nous. Naturellement, mes parents ont la leur. Nous avons aussi un grand salon, une salle à manger, une cuisine et la petite chambre derrière la cuisine qui était autrefois une chambre de bonne et qui est devenue la pièce télé.

Bien que ma chambre soit plus grande que celle d'Élisabeth, la sienne est quand même plus jolie et plus agréable. Elle lui ressemble beaucoup. Je veux dire, on dirait qu'elle fait partie du décor. Ma sœur est très belle, enfin, moi je trouve. Elle est grande, parfaitement faite et elle a de longs cheveux blonds, à ceci près que je sais qu'ils ne sont pas aussi blonds qu'ils en ont l'air, car elle prend des shampooings éclaircissants. Mais cela je ne le dirai à personne. Sauf si elle était vraiment méchante avec moi. Plus méchante que d'habitude, en tout cas. Il y a autre chose de bien chez Élisabeth, c'est sa peau – elle est très blanche et elle n'a jamais de boutons ni même de taches de rousseur comme moi. Mois non plus je n'ai pas de boutons. Avec toutes mes taches de rousseur, il n'y aurait plus assez de place.

Bien que nous soyons sœurs, nous ne nous ressemblons pas du tout. J'ai des cheveux bruns. Ma mère dit mi-blonds, mais à mon avis ils sont tout ce qu'il y a de plus bruns. Mes yeux aussi, sauf qu'ils sont vraiment sombres et je les trouve bien parce que personne d'autre que je connaisse n'a des yeux si sombres. A moins que peut-être ce soit bizarre d'avoir des yeux sombres. J'espère que non.

J'aimerais bien ressembler à Élisabeth quand je serai grande mais cela m'étonnerait, même si je prends ses shampooings éclaircissants. Je ressemble plutôt à mon frère Neddy, sauf que ses cheveux sont d'un brun plus roux et qu'il a deux fois plus de taches de rousseur, ce qui paraît impossible, mais c'est parce qu'elles se mélangent entre elles et qu'il y en a qui se superposent et qu'il en a partout, sur les bras, les jambes, le dos et partout. Il y a une fille de sa classe, Alice, qui l'aime vraiment. Elle lui téléphone tout le temps. Elle doit être vraiment tarée pour avoir un béguin pour Neddy. Ce n'est pas tellement sa laideur, mais dans sa vie, il n'y a que la musique. Quand il ne travaille pas la flûte, il écoute du jazz dans son casque. C'est l'être le plus ennuyeux que je connaisse si j'exclus ses moments de méchanceté. Je ne sais pas qui, de Liz ou de Neddy, est le plus mauvais. Liz, je crois, parce que cela lui arrive d'être mauvaise avec

Neddy aussi, parfois. Les aînés sont toujours les plus méchants.

Comme maintenant, tiens. Me faire descendre pour surveiller sa bicyclette, c'est vraiment méchant, parce qu'elle sait que je n'aime pas descendre là toute seule. Il fait noir, et le coin du débarras me fait un peu peur. C'est là qu'ils mettent tous leurs vélos et les poussettes.

J'ai de la chance, parce qu'en descendant voir les verrous du vélo d'Élisabeth, Mme Milano, la dame du huitième, arrive avec sa bicyclette, alors je ne serai pas seule. Je vérifie les verrous, ils sont en place, et ensuite je repousse suffisamment la housse pour monter dessus. Élisabeth hurlerait si elle savait que je suis vraiment montée sur son précieux vélo.

Mme Milano me pose toutes sortes de questions sur le vélo et je me rends compte qu'elle est impressionnée. Je me rends compte aussi qu'elle pense qu'il est à moi. Je la laisse croire. Il n'y a strictement aucune chance pour que mes parents m'achètent jamais un vélo comme celui-ci – ils disent toujours que je ne suis pas assez soigneuse avec mes affaires – mais cela fait du bien de savoir que quelqu'un pense que le vélo est à moi.

«J'ai très peur qu'on vienne me le voler», dis-je. Je dis cela parce que j'ai l'impression que c'est ce qu'un vrai propriétaire dirait. Liz le dit tout le temps.

«Je ne voudrais pas t'effrayer», dit Mme Milano, «mais mon fils s'est fait voler son vélo dans cette pièce l'année dernière.»

«Pas possible!» Liz tomberait dans les pommes si elle l'apprenait.

« Oui, mais évidemment, il n'était pas verrouillé comme cela. »

« Mon père dit qu'ils seraient obligés d'enlever tout le piquet pour avoir le vélo. » Je crois qu'il a raison parce que les cadenas sont énormes et ils passent autour de ce pilier qui est ancré dans l'immeuble.

« Sûrement », dit Mme Milano avec un sourire. « N'oublie jamais de bien le verrouiller, Ari. »

Je dis : « D'accord. » Je vérifie une dernière fois. « A bientôt ! » Et je remonte.

En rentrant, je trouve Liz au téléphone, dans sa chambre. Cela, c'est l'autre chose géniale qu'elle a eue pour son anniversaire – une prise dans sa propre chambre. Je frappe d'abord.

« Quoi ? » Elle me parle toujours d'un ton furieux sauf que je sais qu'elle ne l'est pas puisque je viens de lui rendre service.

« Ton vélo va bien », lui dis-je à travers la porte.

« Merci. »

J'entrouvre à peine sa porte. « Je viens de voir Mme Milano en bas... » Je commence à lui raconter ce qui est arrivé au vélo de son fils mais elle s'excuse à sa manière.

« La belle affaire », grogne-t-elle « Ari, ne vois-tu pas que je téléphone ? Va-t'en et ferme ma porte. »

J'espère qu'ils vont la lui voler son imbécile de bicyclette. Et son téléphone aussi. Et elle avec. Elle peut être si mauvaise que vraiment je la déteste. Sauf que parfois, rarement, il lui arrive d'être absolument géniale. Parfois, quand elle est triste et cafardeuse, que tous ses amis sont partis et qu'il n'y a personne d'autre à la maison.

Alors là, elle s'installe et elle me parle et ce sont les plus beaux moments de ma vie.

Je sais que nous pourrions être très proches, si seulement elle m'en donnait l'occasion. C'est comme avec sa chambre, j'adore qu'elle m'invite dans sa chambre. C'est drôle, elle se trouve dans ma maison, mais je n'arrive jamais à y entrer, et quand cela arrive c'est tout bizarre. Je pourrais y aller quand elle n'est pas là mais j'aurais peur qu'elle surgisse et qu'elle m'engueule. Parfois j'y vais quand même. Là, j'y vais à fond: je veux dire, je regarde dans ses tiroirs, sa table de nuit, sa bibliothèque et tous les endroits vraiment secrets que j'ai découverts depuis longtemps déjà. Elle me tuerait si elle savait.

Un jour j'ai vraiment failli me donner. Elle courait dans tous les sens, se plaignant que quelqu'un (moi bien sûr) lui avait emprunté son pull vert et après, elle m'a même accusée de l'avoir prêté à quelqu'un ou, encore mieux, de l'avoir échangé. Horrible, le plat qu'elle faisait à propos de ce vieux pull dégoûtant, tout déchiré, qu'elle avait depuis cent ans, surtout que je l'avais vu dans son tiroir l'après-midi même. Quand elle a mis maman dans le coup, sans trop réfléchir j'ai dit: «Pourquoi ne regardes-tu pas dans tes tiroirs avant de commencer à hurler sur tout le monde?»

«J'ai déjà regardé dans mes tiroirs, petite crétine», répliqua-t-elle de sa grosse voix artificielle, ce qui n'était pas chic parce que j'essayais seulement d'aider. Vous voyez? Quoi que je dise, elle fait toujours la morveuse avec moi. De toute façon, sans réfléchir j'ai dit: «Et si tu regardais dans le tiroir du milieu, derrière ta chemise de travail, tu le trouverais peut-être. Mais comme je ne suis qu'une petite crétine, comment pourrais-je le savoir ?»

C'était bête de ma part, parce qu'elle a trouvé le pull précisément où j'avais dit et ensuite elle a voulu savoir comment j'avais su exactement où il était.

Je mentis en disant que maman m'avait demandé de ranger le linge et c'est comme cela que je l'avais vu.

«Arrête de me rendre des services. Je rangerai moi-même mon linge. ET NE METS PAS LES PIEDS DANS MA CHAMBRE !»

«Crève !» lui répondis-je et elle m'a lancé un regard comme si j'étais du vomi et elle est partie.

Ma mère a une attaque chaque fois qu'on se dit «crève». Elle doit être un peu superstitieuse. «Retire-le», dit-elle toujours, et nous, on doit faire semblant de le retirer et alors elle insiste : «Tu ne diras jamais, jamais, plus jamais cela.» Et elle touche du bois.

On n'arrête pas de se le dire, de toute façon, et il y a des jours où je pense : que se passerait-il si ma mère avait raison et si en le disant quelque chose arrivait vraiment et si elle mourait ? Vraiment, rien que d'y penser cela me retourne l'estomac. Mon unique sœur. Je n'arrive même pas à imaginer la vie sans elle. Elle me manquerait tellement et je me sentirais si seule. Je serais la seule fille. Seule.

J'imagine qu'il faudrait ranger toutes ses affaires, vider toute sa chambre – ce serait affreux, non ? Que fait-on de toutes les affaires d'une personne qui vous quitte ? On les offre à des gens pauvres, sans doute. Tout de même, ce serait bête de donner des trucs complètement neufs comme sa veste en daim ou son nouveau vélo. Avec un gros pull en dessous, la veste m'irait très bien, et je connais déjà la combinaison des cadenas du vélo.

Il y a un certain nombre d'autres choses dont je ne voudrais pas qu'ils se débarrassent; en fait, je devrais absolument tout explorer. Après tout, c'était ma sœur, et je trouve que tout ce qui lui appartenait me revient en premier. Chambre comprise.

J'adore sa chambre. Il y a une atmosphère délicate et froufroutante. Les murs, le sol et tous les meubles sont laqués blanc. Les rideaux, le couvre-lit et la chaise sont recouverts de fleurs vert clair, le vert des pommes granysmith et au milieu de chaque fleur il y a un minuscule point rose pêche. C'est vraiment une belle chambre. Et tout y est toujours impeccable. Je trouve que ce n'est pas normal d'être si ordonné quoique je serais peut-être d'accord pour m'y installer et aussi pour garder la plupart de ses meubles. Je déteste les miens. Ils font tellement bébé que leur seule vue vous donnerait envie de vomir. Ma chaise par exemple. Elle est tellement vulgaire que je la trouve mieux quand tous mes vêtements sont jetés dessus. Et qui ferait son lit avec un dessus-de-lit aussi nul ? Il est d'un rouge laid (ma mère dit framboise, parce qu'elle trouve que cela fait mieux), avec des poupées jaunes et blanches incrustées partout. Beurk. Vous ne pouvez pas vous imaginer comme ma mère peut avoir parfois mauvais goût.

Elle serait dans le trente-sixième dessous s'il arrivait quoi que ce soit à Élisabeth. Parce que c'est vraiment sa chouchoute, mais Liz dit toujours que c'est moi la chouchoute parce que je suis le bébé. Elle a tort c'est évident. Je ne dis pas que ma mère ne m'aime pas mais on dirait qu'elle prend toujours le parti de Liz contre moi. Ces derniers temps j'ai beaucoup réfléchi à l'adoption. Au fond, je suis peut-être adoptée.

Bien que je ne voie pas pourquoi quelqu'un qui a déjà deux enfants voudrait en adopter un troisième. La seule explication que je vois c'est qu'ils avaient besoin de quelqu'un dans la famille pour user jusqu'au bout toutes les vieilles affaires...

Je sais que les patins, les skis et toutes ces choses-là coûtent très cher et que ce serait idiot de les jeter lorsqu'ils deviennent trop petits pour Élisabeth et Neddy, d'autant plus que parfois ils me vont parfaitement. Tout de même... Je suis sûre que j'aurais largement préféré des patins de figures aux patins de course noirs de Neddy. Pour les skis, cela n'a pas d'importance, nous n'y allons plus jamais. Quand j'étais petite, j'avais l'impression que nous y allions tout le temps. Mes parents étaient des fous du ski. Il fallait que tout le monde ait son équipement, prenne des cours et tout le tintouin. Sauf moi, bien sûr – j'étais trop petite. L'année où j'ai été assez grande pour avoir mes propres skis, on a justement arrêté d'y aller. Cela ne les intéressait plus, sans doute.

C'est fréquent. Comme si tout était déjà usé au moment précis où j'ai l'âge de commencer. C'était pareil avec le cirque. Ils y emmenaient Élisabeth absolument chaque année quand elle était petite. Le rater une seule fois aurait été un drame. Après, ce fut le tour de Neddy, lorsqu'il eut l'âge. Pas autant qu'Élisabeth, mais souvent. Moi, je ne suis allée au cirque que trois fois dans ma vie et la dernière fois, c'était avec mon amie Rhona et sa tante, donc ça ne compte pas vraiment.

Je sais qu'il y a pire au monde, mais aussi loin que je remonte dans mon souvenir, je n'ai jamais eu de belle veste à pois neuve, ni des bottes de pluie et même ma chambre est meublée des vieux restes d'Élisabeth. Pourquoi ne puis-je être la première à posséder quelquefois quelque chose ?

Et pendant que j'y suis il y a autre chose qui me gêne profondément. Je voulais aller à un stage de tennis cet été, mais mes parents ont dit non. Savez-vous pourquoi ? Parce que Liz y est allée il y a trois ans et que cela n'a pas marché. Alors ils ont dit que c'était de l'argent perdu. J'ai expliqué à mon père que le fait que cela n'ait pas marché pour Liz ne signifiait pas que cela n'allait pas marcher pour moi. Ça arrive souvent. Quand je veux faire quelque chose, ils disent non parce que lorsque Liz l'a fait ce fut une catastrophe ou bien : « La dernière fois que nous y avons emmené Neddy, les queues étaient si longues qu'on a bien juré de ne jamais y retourner. » Ou alors, mon père commence à raconter comment il a compris sa leçon et comment il ne va pas faire trois fois la même erreur. On dirait qu'ils ont tous appris leurs leçons bien avant moi. Et maintenant, je n'aurai jamais l'occasion de faire personnellement mes erreurs.

Si vous voyiez les photos de famille, vous ne trouveriez pas que j'exagère à propos du coup de l'adoption. Tout au début, il y a une photo d'Élisabeth quand ils l'ont ramenée de l'hôpital. Puis, on voit son premier bain, la première fois qu'elle a soulevé sa tête, Élisabeth qui boit son lait, qui dort, qui pleure, qui sourit, qui crache, et cela continue, cela continue... Ensuite, au bout d'une centaine de pages où Élisabeth fait des choses surprenantes, on a encore cinquante pages sur Neddy qui dort, qui pleure, qui sourit et qui rote. Puis, il y a une photo de Neddy à trois ans qui tient dans ses bras un bébé. On ne voit pas le visage du bébé, mais tout le monde dit que ce ne peut être que moi. Il y a encore quelques photos de moi, de-ci, de-là. L'une d'elles, où j'ai à peu près trois ans, a été prise à la fête d'anniversaire des huit ans d'Élisabeth. Ensuite, il y a une photo de classe et des photos de famille et c'est tout, jusqu'aux seize ans d'Élisabeth. Après l'appareil a été cassé. C'est affreux d'être la plus petite d'une famille. Quand vous arrivez, tout le monde trouve les bébés mortellement ennuyeux et tout a déjà été fait.

Je suis dans ma chambre lorsque le téléphone se met à sonner.

«Ari!» Ça, c'est un hurlement d'Élisabeth.

Quelle belle photo pour l'album!

«Je t'entends», dis-je, et je cours au téléphone de la cuisine. J'espère que c'est Rhona. C'est ma nouvelle meilleure amie, seulement, moi, je ne suis pas sûre d'être la sienne.

«Allô?» dis-je.

«Ari?» Chouette. C'est Rhona.
«Oui.»
«On se retrouve au petit parc dans dix minutes.»
«D'accord.»

Clic. Rhona fait partie de ces gens qui ne disent jamais au revoir. Elle est toujours très occupée et elle n'a pas de temps pour des détails comme «au revoir» ou «merci», ou «s'il vous plaît». Je sais que mes parents ne l'apprécient pas beaucoup, mais moi, je trouve que c'est la personne la plus fabuleuse de la classe. Même peut-être de toute l'école. Nous venons de l'élire présidente de classe et il n'y a eu aucun vote contre elle. Même pas les garçons. Cela, c'est certainement parce qu'ils n'ont pas osé. Vous savez quoi? Mon amie Rhona bat n'importe quel garçon de sixième. Elle est très forte, elle a une tête de plus que Lewis Solarz, et lui c'est le plus grand des garçons. En général, les mômes ne la trouvent pas très jolie parce qu'elle a des cheveux roux, genre ficelle, et qu'ils sont courts, à la garçonne (ce qu'ils n'oseraient jamais lui dire). Elle a un appareil dentaire complet, genre rail de chemin de fer, et elle porte de petites lunettes rondes cerclées de métal. Quand elle les retire... attention les yeux!

Il me semble que le plus beau chez Rhona c'est qu'elle fait toujours exactement ce qu'elle veut. C'est un petit génie en classe et tous les professeurs la laissent tranquille. Chez elle, il n'y a ni frère ni sœur pour la chahuter et lui donner des ordres. Sa mère est peintre (je ne sais pas où est son père – je ne l'ai jamais entendue dire quoi que ce soit sur lui) et d'habitude elle est si occupée qu'elle n'a pas beaucoup de temps à consacrer à Rhona.

Rhona dit toujours qu'elle n'aime pas qu'on soit tout le temps sur son dos et qu'elle aime être seule. Tant mieux pour elle parce que la plupart du temps sa mère sort et elle se retrouve toute seule. Je n'aimerais pas beaucoup cela. Je crois que je préférerais plutôt supporter Neddy que d'être seule comme elle.

Ce qui est étrange chez Rhona, c'est comme elle s'intéresse à ma famille. Elle me pose tout le temps des questions sur le genre de choses que je fais avec ma sœur et mon frère, et elle veut aussi savoir tout ce qui se passe aux dîners en famille et tous ces trucs. Elle fait comme si elle trouvait tout cela très ennuyeux. Pourtant, si c'était quelqu'un d'autre que Rhona j'y verrais peut-être un peu de jalousie.

Il faudrait que vous voyiez son appartement. C'est gigantesque. Autrefois, c'était un grenier et ils l'ont transformé en appartement. C'est grand, ouvert et ensoleillé. Quand Mme Finkelstein est chez elle, il y a toujours des milliers d'amis qui s'installent. Parfois certains restent dormir mais ils ne nous dérangent pas. D'ailleurs ils ne nous parlent même pratiquement pas. Rhona est donc toute seule, même quand il y a plein de monde autour. Je ne voudrais pas lui dire, mais c'est un peu comme si on ne s'intéressait pas à elle. Sa mère n'est pas du tout comme la mienne.

Le soir, Rhona n'a même pas de limite d'heure. Un jour où elle devait dormir chez moi, elle a changé d'avis à onze heures du soir (elle fait des choses comme cela) et elle a décidé de rentrer chez elle. Elle voulait aller à pied toute seule mais mon père lui a dit que non, qu'il la reconduirait. Si vous aviez vu sa tête! Elle n'a pas l'habitude qu'on lui refuse quoi que ce soit et elle lui a lancé un regard meurtrier. Lui, il a répondu qu'en aucune manière il ne permettrait qu'une fille de onze ans rentre à pied chez elle à une heure pareille et il l'a raccompagnée. Après il a dit qu'il aurait pu s'en dispenser parce que pas un seul délinquant normal ne se serait risqué avec Rhona Finkelstein.

Je mets un jean parce que Rhona n'aime pas les shorts. Je crois qu'elle a des poils roux sur les jambes mais je n'en suis pas absolument sûre parce que bien que nous ayons pas mal dormi l'une chez l'autre, elle fait toujours très attention et on ne peut jamais voir ses jambes.

Le petit parc où nous nous sommes donné rendez-vous est à quatre pâtés de maisons de chez moi et je cours sur les deux derniers parce que Rhona déteste qu'on soit en retard.

Mais il faut croire que je suis quand même un peu en retard parce qu'elle est là avec deux autres filles et elle bat la mesure du pied impatiemment. Je ne suis pas sortie de l'auberge.

«Ce n'est pas trop tôt», me lance-t-elle. «Tu sais bien que je déteste attendre.» Les *bonjours* ne sont pas son genre non plus.

«Excuse», dis-je. «J'ai couru tout le long.» Je halète un peu pour qu'elle voie que j'ai couru.

«Pour toi, deux pâtés de maisons, c'est tout le long?»

Comment l'a-t-elle su ? On ne peut jamais tricher avec Rhona Finkelstein.

« Ils sont drôlement longs ces pâtés de maisons. »

« On ne peut pas tricher avec Rhona Finkelstein. » Je vous l'avais bien dit. « Tu vois, petite môme, même pas la peine d'essayer. »

« Que se passe-t-il, Rhona ? »

« Séraphine », corrige-t-elle.

« Séraphine. » Elle change tout le temps de nom. Elle dit qu'avant cette vie-là, on a eu d'autres vies et qu'il faut découvrir qui on était avant, pour savoir qui on est maintenant. Cela s'appelle la réincarnation et Rhona dit qu'il y a beaucoup de gens qu'elle a connus dans sa vie antérieure. Et elle me raconte toujours qui ils étaient. Même moi, elle sait qui j'étais avant que je sois moi, mais elle m'a dit qu'elle n'était pas encore prête à me le révéler.

Saviez-vous que Rhona fut reine, autrefois ? La Reine Séraphine. Une autre fois, elle fut actrice de cinéma et s'appelait Theda Bara. Elle dit qu'elle a été toutes sortes de personnes – il y en a beaucoup dont j'ai entendu parler, comme Jeanne d'Arc ou Michel-Ange. Et même les fois où elle n'était pas très célèbre, elle était de la haute. Comme lorsqu'elle fut la cousine du Vieux Marin, ou qu'elle habitait à deux pas de chez Platon et elle se souvient du français du temps où elle allait en classe avec Napoléon. Ils étaient voisins parce qu'on les plaçait par ordre de taille et lui était si petit qu'on le mettait avec les filles. Elle dit que s'il cache sa main gauche, c'est parce qu'il se ronge les ongles. Je ne suis pas certaine de croire tout ce qu'elle raconte mais je n'oserais jamais le lui dire.

«J'ai décidé de participer au marathon de vélo de Central Park», annonce-t-elle. «C'est demain les demi-finales.»

«Génial», dis-je.

Et ses deux copines Tracy George et Margot Uptain approuvent de la tête et se bousculent pour répéter ce que Rhona vient d'annoncer.

«Et je représente l'école.»

«Ouais, c'est vraiment génial.» Je suis si nerveuse quand je parle à Rhona, que la plupart du temps je dis des bêtises ou je me répète. J'essaie tellement de lui plaire pour qu'elle m'aime. C'est très important pour moi. Parce que le fait est que je n'ai pas des quantités d'amis. Je ne suis pas très douée pour me faire des amis.

«Et elle portera les couleurs de l'école», dit Tracy George, «et je vais lui prêter ma nouvelle veste rouge et blanche.» Tracy est grande, presque autant que Rhona, et rousse, comme elle, sauf qu'elle a les cheveux crépus. Elle n'est pas laide, laide, mais presque.

«Et elle aura mon pantalon blanc», s'interpose Margot, «et Matthew Young lui prête sa casquette de base-ball qu'il n'a que depuis deux jours et qu'il n'a encore jamais portée.»

Je ne connais pas beaucoup Margot, mais je l'aime bien. C'est une toute petite chose aux cheveux jaunes et raides qui lui tombent à la taille. Elle a le nez un peu plat comme le mien. J'aimerais bien être plus copine avec elle. Et j'aimerais savoir ce qu'elles préparent. Il y a quelque chose de louche et moi je me contente de sourire et pour la troisième fois je répète: «C'est génial.»

«Maintenant, la seule chose qui me manque c'est une bicyclette», dit Rhona, et elle me regarde droit dans les yeux.

«Où vas-tu en trouver une?» je demande. Elles se taisent toutes. Et je réalise qu'elle veut peut-être que je lui prête la mienne, alors je propose: «Tu peux prendre ma bicyclette si tu veux, mais elle n'a que trois vitesses.»

C'est un vélo préhistorique. Un héritage bien entendu. Élisabeth l'a eu lorsqu'elle avait neuf ans, ensuite Neddy l'a utilisé longtemps; du coup, maintenant, il est vraiment foutu. En plus, il ne va pas très vite. Je ne vois pas pourquoi elle voudrait un vélo aussi pourri.

«Elle doit plaisanter.» Rhona s'adresse a ses amies puis me regarde, dégoûtée: «Si c'est tout ce que tu as l'intention de faire pour ton école, tu peux laisser tomber.»

«Mais c'est le seul vélo que j'aie, Rhona.»

«Bien sûr, la môme, et cette Peugeot dix vitesses sur laquelle Tracy George t'a vue l'autre jour, ce n'était qu'un mirage. N'est-ce pas, Tracy?»

«J'ai dû rêver», dit Tracy comme si on lui avait fait répéter son rôle.

«Tu veux dire samedi après-midi?» j'interroge Tracy.

«Ouais», répond-elle. Alors j'explique que ce n'était pas ma bicyclette mais celle de ma sœur. Et la seule raison pour laquelle elle me l'a prêtée c'est parce que mon père a dit que cette bicyclette m'appartiendra un jour, et qu'il considérait que j'avais le droit de l'essayer. «C'est le premier héritage qui ne me gênera pas», dis-je en souriant pour essayer d'amadouer Rhona.

«Emprunte-la», dit Rhona sur le ton du commandement.

Élisabeth ne me prêterait déjà pas sa bicyclette et jamais, au grand jamais ne me laisserait la prêter à quelqu'un. Elle pourrait me tuer pour le seul fait de lui poser la question mais je ne veux pas que les filles sachent que je ne peux même pas emprunter quelque chose à ma propre sœur, alors je réponds: «J'aimerais bien, mais elle va probablement s'en servir elle-même.»

«Rhona n'en a besoin que samedi matin», dit Margot. «Ta sœur pourrait la récupérer avant onze heures.»

«Tu es sûre?» je demande.

Rhona se pose devant Margot et approche son visage tout près du mien. Elle a l'air fâché, comme si je l'avais insultée.

«Tu nous prends pour des menteuses?»

«Non Rhona, je te jure. Je voulais simplement en être sûre parce qu'elle en aura besoin pour une chose très précise à onze heures.»

«Si je te dis qu'elle l'aura, elle l'aura.»

Maintenant c'est Tracy qui est fâchée. «L'épreuve de qualification n'a lieu que de neuf à dix, tu sais. Ce n'est pas un monde de la récupérer à dix heures trente.»

«Ce serait vraiment bien si vous pouviez.»

«On essaiera», dit Rhona de sa façon à elle d'être gentille – et je vois qu'elle tient à la bicyclette et qu'elle me considérerait probablement comme une fille super si je pouvais la lui procurer. «Qu'en dis-tu, la môme?»

C'est peut-être possible. Élisabeth a un cours de guitare le samedi matin et la plupart du temps elle ne revient pas avant midi et jamais avant onze heures. Elle joue dans un petit groupe et elle ne manquerait pas une répétition d'autant moins que son petit ami joue aussi. Je ne prendrais même quasiment aucun risque. Elle n'en saurait jamais rien car je la rapporterais avant qu'elle ne rentre.

«Bon», dis-je, mais j'ai un grand vide à la place de l'estomac.

«D'accord, on se retrouve ici à huit heures trente, demain matin», dit Rhona. «Et ne sois pas en retard.» Puis elle démarre avec ses deux acolytes. Sans au revoir.

Je ne sais pas pourquoi j'ai si peur. C'est vraiment très facile. Élisabeth ne dort même pas à la maison le vendredi soir. Elle dort chez son amie Jill, comme cela elles vont ensemble au cours. Ce qui m'effraie le plus c'est de faire quelque chose d'aussi malhonnête. Mais c'est trop dur de dire non à Rhona, et n'importe quelle autre sœur que la mienne prêterait bien son vélo pour une course importante. De toute façon il n'y en a que pour une heure. Et ce n'est pas comme si c'était pour quelque chose de vilain. C'est pour l'école, alors cela peut passer. Je pense.

Si j'avais pu ne pas être à la maison quand Rhona a appelé. Maintenant c'est trop tard. Jamais je n'oserai ne pas venir demain. Pas avec Rhona en train d'attendre en tout cas. Qui oserait ne pas se pointer quand Rhona Finkelstein attend?

2

Mes parents désirent savoir pourquoi je suis si silencieuse au dîner. Moi, je n'avais même pas remarqué que j'étais silencieuse. Bien que je sois sûre que tout va bien se passer – demain, je veux dire – je ne peux pas m'empêcher d'être inquiète de ce qui pourrait m'arriver si je me faisais piquer.

«Il n'y a rien», je réponds en haussant les épaules.

«C'est peut-être une arriérée», place Neddy.

«Je ne suis pas une arriérée», je rétorque. Et ma mère dit: «Neddy, ne commence pas.»

«Voilà les chutes du Niagara», dit Neddy. Il faut toujours qu'il ait le dernier mot.

Je n'étais même pas au bord des larmes, mais quand il dit cela, je ne sais pas pourquoi, ça démarre. Il le fait tout le temps – me taquiner, je veux dire – et je me mets chaque fois à pleurer. Ce que je peux le détester.

«Arianne, pourquoi pleures-tu pour une broutille pareille?» demande ma mère, et cela fait venir les larmes encore plus fort.

«Il me cherche tout le temps», dis-je.

«Et il faut obligatoirement que tu pleures?» demande mon père. «Ne peux-tu parler d'une voix normale?»

Maintenant tout le monde me harcèle et je ne peux plus du tout m'arrêter de pleurer.

«Maman ?» demande Élisabeth, «qu'est-ce que je mets pour les seize ans de Lynn ?»

«Ta robe blanche avec les fleurs ?» suggère ma mère.

«Je ne peux pas, je l'ai mise à mon anniversaire», dit Élisabeth. Et ça m'a tout l'air d'une râlerie mais mon père ne lui dit rien *à elle*.

«Et alors ?»

«Alors on ne peut pas mettre la robe de son anniversaire à soi pour l'anniversaire de quelqu'un d'autre», dit Liz.

«Excuse-moi, je n'avais pas connaissance de cette loi.»

«Mamannn...»

Alors là vraiment, elle chigne, mais personne ne lui dit rien. Le seul fait de penser à quel point ils sont injustes me refait pleurer.

«Et tu pleures pour quoi maintenant ?» demande Élisabeth très méchamment.

«Je ne pleure pas», dis-je en pleurant.

Du coup tout le monde veut savoir pourquoi je pleure. Et moi je continue à nier, bien que ce soit vrai.

Élisabeth se plaint qu'elle ne peut pas manger avec ces bruits de reniflage. Alors mon père demande à maman ce qui ne va encore pas et ma mère répond qu'elle n'en a aucune idée. Neddy continue à me fixer en souriant et ils sont tous si méchants que je me lève et que je sors de la pièce en courant.

C'est toujours pareil. Neddy me taquine ou alors Élisabeth est méchante avec moi, forcément je m'énerve et je le dis aux parents, et eux, jamais ils ne prennent mon parti. Ils ne voient qu'une chose, c'est que je pleurniche. Cela me rend si malheureuse que je me mets à pleurer et du coup ils veulent savoir pourquoi je pleure tout le temps.

J'attends une seconde à l'extérieur de la pièce juste pour voir ce qu'ils vont dire et rien ne se passe. Sauf une question de mon père: «Pourquoi pleure-t-elle tout le temps?» Et ma mère dit (à Neddy, je pense): «Il faudra cesser ces taquineries.» Et lui prétend qu'il n'a rien fait et Élisabeth parle de cette jupe à panneaux, superbe, bleu pâle, qui serait parfaite pour la fête. Ma mère demande combien elle coûte et mon père dit qu'il aime beaucoup la robe blanche avec les fleurs et Neddy veut savoir s'il peut avoir mon dessert. Et moi, je m'enfuis dans ma chambre et je pleure pour de bon parce que personne ne m'aime.

3

Ce ne sera pas très compliqué de prendre la bicyclette demain matin. J'espère. Comme j'ai dit, Élisabeth dort chez Jill et elle ira directement à son cours de guitare. Elle est partie juste après le dîner. Mes parents sont au cinéma et il n'y a personne à la maison, à part Neddy et moi.

Je suis encore fâchée avec Neddy. Alors je ne regarde pas la télévision, parce que je ne veux pas m'asseoir dans la même chambre que lui.

Avant de s'en aller, ma mère m'a apporté mon dessert et mon père est venu aussi pour me dire qu'il ne fallait pas faire attention à Neddy. Je lui ai dit que j'allais essayer mais je sais que ça ne va pas marcher. Je n'y peux rien. Il dit tout le temps des choses qui me mettent en colère et qui me rendent triste. Parfois j'ai l'impression qu'il aime me voir pleurer. Presque autant que jouer de cette idiote de flûte, sauf que ces derniers temps il a été tellement pris par ses exercices aux haltères qu'il n'a pas eu le temps de faire grand-chose d'autre. Tout ce qu'on entend de lui, ce sont ses grognements et ses gémissements quand il essaie de soulever les poids. J'ai hâte de voir le jour où il essaiera de soulever le gros de vingt-cinq kilos. Mon père dit qu'ils sont trop lourds pour lui mais il ne veut rien entendre. D'ailleurs, sur lui ça ne marchera pas parce qu'il est trop maigre. Ce qui va arriver, c'est qu'un de ces jours il en soulèvera un des gros et il se pétera en deux. J'espère que je serai à la maison ce jour-là.

En ce moment je m'occupe d'un projet personnel.

Ma grand-mère m'a appris à faire du crochet et je fais une couverture pour mon lit. Il suffit de réaliser des petits carrés et quand vous en avez soixante-trois, vous avez une belle couverture. Pour l'instant j'en suis pratiquement à la moitié de mon premier carré. Ça prend du temps avant d'aller vite comme grand-mère.

Je suis assise sur mon lit et je me concentre. Au début c'est très dur à faire. Tout à coup les lumières s'éteignent. Il fait nuit noire parce que le hall s'est éteint aussi.

«Neddy! Neddy!» J'appelle mon frère. «Il n'y a plus de lumière!»

Pas de réponse. Sa porte est peut-être fermée et il ne m'entend pas. Je ne suis pas très inquiète, en ce moment, les plombs n'arrêtent pas de sauter. Il suffit de repousser le levier dans la boîte à fusibles à l'extérieur de la cuisine.

«Neddy!» Parfois il me tue. Je crie pour qu'il m'entende et lui fait semblant de ne pas entendre simplement pour être odieux.

«Neddy!» J'ai peur parce que je ne vois même pas mes propres doigts. Du moins pas tant que mes yeux ne s'habituent pas à l'obscurité.

«Neddy! Répare les plombs, allez!»

Pas de réponse.

«Neddy, tu vas rallumer ces plombs ou je te dénonce.»

Il continue à ne rien dire.

Je crie: «Et d'ailleurs, je vais dire que tu fumais dans le petit parc il y a deux jours, et plein d'autres trucs.»

Silence.

«Attends un peu que maman et papa rentrent. Attends, tu vas voir!»

Le même silence.

«Neddy?» J'essaie de prendre un ton gentil. «Réponds-moi seulement, et je ne dirai rien, je te jure.»

Et s'il ne pouvait pas? Je veux dire, que se passerait-il s'il n'avait effectivement pas éteint les lumières, que quelqu'un d'autre l'ait fait et l'ait enfermé ou quelque chose du genre? Oh, mon Dieu!

«Neddy!»

Quelque chose a poussé un petit cri. Je l'ai entendu. On aurait dit la porte du placard de l'entrée. Il y a un autre bruit. Comme des pas. Mais c'est un drôle de pas. Quelque chose qui se traîne.

Comme quelqu'un qui boiterait. Et Neddy ne boite pas. J'appelle: «Neddy?» Mais tout ce qui sort est un petit cri. Pas de réponse.

Les pas avancent toujours dans le hall. C'est un bandit. Un voleur. Je le sais. Il a déjà Neddy et maintenant il vient pour me voler moi. Si je me cachais dans le débarras. Ou sous le lit. Mais je ne peux pas, je suis pétrifiée. Je ne peux pas bouger. Je ne peux faire qu'une seule chose, écouter.

Un pas, un frottement, un pas, un frottement...

« Au secours », mon cri est un murmure.

« Au secours ! » un peu plus fort.

Un pas, un frottement, un pas, un frottement...

« Au secou-ours ! » Je lance un long hurlement que je n'aurais jamais cru pouvoir faire.

Je démarre un autre hurlement, plus fort encore, lorsque les lumières s'allument, m'interrompant en plein milieu.

« Pourquoi hurles-tu ? » demande mon abominable frère qui entre dans ma chambre en grimaçant comme si de rien n'était.

Je hurle : « Je vais te dénoncer ! »

« Chialeuse », rit-il, en lançant le dernier morceau de mon dessert dans sa bouche.

« Attends un peu que maman et papa soient rentrés. Je vais leur dire tout ce que tu as fait. Tu seras puni. Attends un peu, tu vas voir. »

« Non, je ne verrai rien. » Il est tellement fier de lui que je lui donnerais bien un coup de poing. Sauf qu'il me le rendrait plus fort.

« C'est ce que tu crois. »

« C'est ce que je sais. »

« On verra bien. »

« Non, on verra rien. »

« Et comment ça ? »

« Parce que tu ne diras rien. »

« Si, si. »

« Je... ne... pense... pas... » dit-il d'une voix dure et méchante. Là-dessus, il avance d'un pas vers moi, enfonce la tête dans ses épaules et il a le regard froid d'un tueur et je sais que je vais avoir droit au numéro du loup-garou.

Écoutez, je sais qu'il simule, que c'est mon frère Neddy et qu'il n'est pas en train de se métamorphoser en homme-loup. Mais imaginez-vous qu'il fait noir dehors et qu'il n'y a personne à la maison, que je suis toute seule, et que de son cou commencent à saillir les veines, que ses doigts se recroquevillent comme des griffes, que sa lèvre se relève sur ses dents, qu'il commence à gronder, à grogner et tombe à quatre pattes – eh bien, n'insistez pas, c'est la chose la plus atroce qui soit.

« Allez, Neddy, arrête... » C'est plus fort que moi, je ne peux pas m'en empêcher, je commence à mendier.

« Grrr... » Il grogne et bondit dans toute la pièce. C'est de la folie furieuse. Il hurle, il gronde et me donne des coups de dents. Je recule aussi loin que possible dans un coin de mon lit, j'attrape mon oreiller et je m'entoure la tête avec. Il me l'arrache des mains et cherche à m'attraper les pieds. Je tire, je hurle et il grogne. Là je suis en pleine hystérie. Je pleure, je crie, et tout d'un coup il s'arrête. Ça y est. C'est fini. Maintenant, il n'a plus qu'à me manger.

« Tu nous en fais une histoire, petite conne », dit-il en secouant la tête. « Ce n'est qu'un jeu. »

« Je n'aime pas ce jeu. » Je renifle encore.

« Il fallait le dire », répond-il comme s'il le pensait vraiment. Et il regarde sa montre. « Eh, tu me ferais rater mon programme, petite minable ! » Il fonce hors de ma chambre et retourne à la télé.

Les loups-garous, peut-être, ça n'existe pas mais méchant comme il est, si ça existait, il serait capable d'en être un.

Il fait toujours ce genre de choses, juste pour voir s'il peut me faire pleurer. Il le fait sans cesse. Ce soir, c'était spécial, et je ne sais même pas pourquoi. Pourquoi il le fait, je veux dire. Je ne lui fais jamais de vacherie, et je ne rapporte que quand il me fait du mal. Et la plupart du temps, je fais tout ce qu'il veut. Comme quand on joue ensemble, il a toujours ses règles à lui, et je sais généralement qu'elles sont injustes et je me tais. Même quand je perds, je n'en parle pas. Je ne fais que pleurer.

Au plus profond de mon cœur, je déteste mon frère. Je ne déteste pas autant ma sœur, sauf qu'elle m'effraie aussi, mais d'une manière différente. Elle se met en colère pour n'importe quoi tout le temps, elle crie, ou pire, elle refuse de me parler.

Si elle savait ce que je vais faire demain, avec sa bicyclette, elle ne m'adresserait plus la parole pour le reste de mes jours, quand elle aurait fini de hurler.

Heureusement pour moi, elle ne le saura jamais. J'espère, j'espère.

4

Je mets le réveil pour six heures et demie demain matin. Je veux avoir du temps pour sortir le vélo de la cave sans que personne me voie. Ce n'est pas si difficile que cela en a l'air parce que, en bas, tôt le matin, c'est complètement désert et la porte qui donne sur la rue est juste à côté du débarras des vélos. Donc, la seule chose à faire, c'est attraper le vélo et me glisser dans la rue.

Mais d'abord, il faut que je sorte de l'appartement. Opération délicate car le week-end je quitte rarement la maison avant huit heures du matin.

A sept heures et demie, ils dorment tous encore. Je passe la tête dans la chambre de mes parents et je chuchote: «Maman?»

Il me semble que si je la surprends dans son demi-sommeil, ce sera plus facile.

«Chuuut...» dit-elle. Et elle s'extirpe doucement du lit pour ne pas réveiller mon père. Elle me sourit, attrape sa robe de chambre et se dirige vers la porte.

Ma mère a une cascade de cheveux bouclés, ce qui fait qu'elle est tout aussi belle quand elle se réveille le matin. Je la trouve vraiment belle. J'aimerais lui ressembler. Mais ce n'est pas le cas, à part la couleur des cheveux, et les miens sont raides comme des baguettes de tambour. Elle a les yeux bleus. Elle est petite femme. Elle mesure à peine plus d'un mètre cinquante. Moi, je mesure déjà un mètre cinquante et je n'ai que onze ans. Mon père dit que j'ai hérité cela de son côté de la famille et il me dit toujours que c'est beau d'être grand.

L'année dernière, j'ai grandi de presque six centimètres. Si je continue à grandir comme cela jusqu'à mes dix-huit ans, je ferai bientôt un mètre quatre-vingts. J'aimerais savoir ce qu'il dirait dans ce cas-là. Sur le trajet de la cuisine je décide de dire à ma mère que je vais à un truc de l'école avec Rhona. Ce qui est vrai, sauf que j'omets l'histoire de la bicyclette.

«Quel truc de l'école?» interroge ma mère.

J'aurais dû m'en douter.

«Une animation de l'école.» Ça c'est un mot magique pour ma mère. Elle aime beaucoup les animations de l'école. «Et Rhona a été désignée pour représenter tout le monde, de la sixième aux petites classes. Alors, nous allons tous au parc pour regarder.»

«Qui nous?»

«Tout le monde. Moi, Rhona, Margot et Tracy. Et tout une bande de ma classe. Il faut que je cavale, parce que je suis censée les retrouver à huit heures et quart.» C'est faux mais je veux démarrer tôt pour avoir la bicyclette.

Ma mère se contente de cette explication, car elle ne me pose pas d'autre question. La seule chose qui l'intéresse c'est de savoir si je vais manger un œuf ou des céréales pour le petit déjeuner. En des circonstances parfaitement ordinaires, je dirais, comme d'habitude, que je n'ai pas faim. Car je n'ai pas faim. Et elle dirait qu'il faut que je mange quelque chose et je dirais : d'accord, du lait chocolaté et elle répondrait : ce n'est pas assez. Et on ferait comme ça des allers et retours pendant un certain temps. Pour moi, cela se terminerait par une biscotte au fromage blanc ou un truc du genre. C'est à peu près la même chanson tous les matins.

«Je veux bien un œuf au plat», dis-je.

«Quand comprendras-tu qu'il te faut un petit déjeuner convenable ?» demande ma mère en secouant la tête avant même la fin de ma réponse.

«J'ai dit que je voulais bien un œuf.»

«Vraiment ?» Elle a l'air très étonnée.

«Oui, mais je ne veux pas qu'il y ait du dégoûtant dedans. D'accord ?»

«D'accord.» Elle me regarde avec un drôle d'air et fait cuire l'œuf. Ce que je suis bête ! J'aurais dû lui dire que je n'avais pas faim, comme d'habitude. Maintenant, elle va avoir des soupçons, et en plus, il va falloir que je mange tout un œuf au plat.

«Rhona dit que les œufs font voir dans le noir.»

Je lui dis cela pour qu'elle n'ait pas l'idée qu'il se passe quelque chose de bizarre.

«Je crois qu'elle veut parler des carottes», dit ma mère en souriant.

«Elle voulait peut-être dire : entendre dans le noir.»

«En principe, ça ne pose pas de problème.»

«Si parfois...»

«Quand ?»

«Quand on est sourd.»

«Ça c'est bien vrai», dit ma mère, «mais alors, ce ne serait pas qu'une question d'œufs.» Elle se met à rire et m'embrasse sur le nez.

J'adore ma maman, mais j'aurais mieux fait de lui demander des céréales parce que ses œufs sont vraiment baveux. Beurk.

J'en mange une grande quantité, et je mets le reste dans ma serviette, sous une biscotte et au fond de mon verre de jus de fruit, sous mon assiette et dans les violettes africaines.

Il n'est que huit heures moins cinq, mais je suis prête et je crois que je vais m'en aller au cas où ma mère poserait d'autres questions. J'entre dans l'ascenseur et j'appuie sur le bouton «sous-sol». Je croise les doigts pour ne pas rencontrer les gens qui partent courir ou Mme Milano dans l'une de ses sorties matinales à vélo.

L'ascenseur s'ouvre sur la cave. Il n'y a personne. Fantastique. Personne dans le débarras non plus. Je dois bien décroiser les doigts pour ouvrir les cadenas et ôter la housse de la bicyclette. Je suis si angoissée à l'idée que quelqu'un me voie, que, pour la première fois de ma vie, je n'ai pas peur d'être seule ici.

C'est vraiment assez facile. Je sors la bicyclette par la porte de derrière et je la monte sur l'allée derrière l'immeuble. En passant la barrière de l'allée, dans la rue, j'aperçois le gardien, M. Rosnicof, en train de frotter les moulures de cuivre devant l'immeuble. Il faudrait que je le dépasse pour atteindre le coin de la rue mais je ne veux pas qu'il me voie, alors je tourne dans la direction inverse et je fais tout le tour du pâté de maisons.

Je ne regarde même pas derrière moi. J'ai toujours eu ce sentiment que si vous ne voyez pas quelqu'un, lui non plus ne vous verra pas. Une idée idiote, mais qui me soulage.

J'irais plus vite en montant sur le vélo, mais jamais je ne l'aurais chipé pour faire un tour moi-même. Comme ça, j'ai l'impression de le faire pour l'école, et c'est drôlement moins grave. D'ailleurs, je ne vois même pas où est le mal.

Il n'est pas huit heures dix lorsque j'arrive au petit parc. Cette année, beaucoup de grands de quatrième ont aidé à planter des pensées et tout le parc est entouré de jaune et de violet. C'est très beau et surtout tôt le matin, avant que les gens ne viennent tout abîmer avec leurs papiers et leurs canettes de bière. Les fleurs sont jolies et pourtant elles n'ont pas une odeur de fleurs – ne me demandez pas pourquoi. Mais le parc sent bon de toute façon, je crois que c'est le gazon. Ils l'ont tondu hier. J'adore cette odeur. C'est comme à la campagne. En ce moment, la ville a un parfum doux et frais le matin, comme l'eau claire, je me demande pourquoi cela ne dure pas toute la journée.

Il n'y a pratiquement personne si tôt dans le parc, sauf des gens comme Marie-Sac-en-papier, et elle dort sûrement. C'est une de ces dames qui ont plein de sacs d'emballage et qui vivent dans les rues. On en voit beaucoup à New York et dans la plupart des grandes villes. Les vagabonds boivent souvent trop, mais il y en a, comme Marie-Sac-en-papier, qui sont juste un peu bizarres, comme à côté de la plaque… Elle porte toujours toute sa garde-robe sur elle. Trois ou quatre pulls, un manteau de fourrure râpé, des bonnets de laine, quelle que soit la température. Et elle porte aussi deux sacs d'emballage bourrés de chiffons sans doute, mais je crois que ce sont des chaussures de rechange et des trucs comme ça. Il y a des dames-sac-en-papier qui sont méchantes, elles crient tout le temps et même quand il n'y a personne aux environs. Il y a une vieille dame qui passe sa vie à se disputer avec des êtres invisibles. Il faudrait que vous l'entendiez, c'est bizarre. Marie-Sac-en-papier ne se fâche jamais et elle a un petit chien qu'elle trimbale de temps en temps dans son sac en papier. Je parle à Marie. Elle est toujours très gentille avec moi. On ne peut pas lui parler vraiment directement – il faut parler à Wendy, sa chienne – et Marie répond comme si elle était Wendy.

«Salut, Wendy», dis-je au chien, en arrivant près du banc.

«Salut», dit Marie, mais elle ne me regarde pas parce que je parle avec Wendy. Elle ne sourit jamais et je crois qu'elle ne doit pas avoir beaucoup de raisons d'être heureuse.

«Quelle belle bicyclette tu as, ma chérie», dit Wendy, comme ça.

«Merci», dis-je, «ce n'est pas à moi...»

Je suis sur le point de lui en dire plus mais je trouve que c'est idiot et je la remercie encore.

«Bon», dis-je. «Je dois partir maintenant. A bientôt dans les parages. Au revoir, Wendy»

«Au revoir, ma chérie.»

Et je caresse la tête de Wendy. J'aurais voulu avoir un biscuit de chien à lui donner parce qu'elle a vraiment l'air maigre, et je parie que Marie n'a pratiquement jamais assez d'argent pour lui acheter des biscuits. J'en aurai toujours un dans la poche dorénavant. Pour Wendy.

Il est encore trop tôt pour Rhona, alors je cale le vélo debout et je m'assieds à côté dans l'herbe. Ensuite, je m'allonge et je regarde le ciel à travers les arbres. Quand la brise souffle dans les feuilles, on dirait que dessous elles sont en argent. Je m'y laisse toujours prendre. Et si je regarde mieux, je vois que c'est le soleil qui joue avec le dos des feuilles. Je me demande comment cela se fait.

«Au secours! Au secours!» Quelqu'un crie juste dans mon dos. Je me relève d'un coup et je regarde autour de moi.

Il y a deux garçons de quatorze et quinze ans qui martyrisent un vieux clochard. Ils lui prennent son chapeau et le lancent dans tous les sens. Ils sont beaucoup plus rapides que lui et comme il boite fort, il reste là à crier à l'aide. Et il n'y a que moi alentour.

Je ne sais pas qui sont ces garçons, et j'ai vraiment un peu peur de les provoquer, mais je déteste la façon dont ils maltraitent ce pauvre vieil homme, alors, je m'approche un tout petit peu, pas encore trop, et je dis: «Eh là, vous ne devriez pas faire cela!» Mais ils ne m'entendent pas parce qu'ils crient et ils rient bruyamment, alors je m'approche un peu plus près.

«Eh! Arrêtez!» dis-je plus haut. Je ne veux pas qu'ils

se mettent en colère contre moi. Mais c'est plus fort que moi, je suis furieuse, parce que c'est horrible ce qu'ils sont en train de faire.

Les voilà qui s'arrêtent tous les deux et ils se retournent. L'un des deux est petit et trapu avec des cheveux longs et plaqués, très *années soixante.* Sur son tee-shirt dégueulasse, est écrit «lâche-moi les baskets», ce qui est aussi antipathique que lui. L'autre type n'est pas aussi ignoble, ses cheveux sont corrects et il a l'air moins sale. Il est à peu près de la taille de Neddy et la façon dont ils taquinent ce vieux monsieur me rappelle aussi Neddy. Mais lui ne ferait jamais une chose pareille. Sauf à moi.

«Tu nous forcerais?» raille le plus grand.

«Vous avez intérêt à arrêter ou je vous promets des ennuis», dis-je.

Ils éclatent de rire, car je ne dois pas leur inspirer une bien grande frayeur. Et vous savez quoi? Moi non plus ils ne m'inspirent pas une grande frayeur parce que maintenant, je suis dans une colère noire. Ils font pleurer le pauvre vieillard. C'est terrible. Il se couvre le visage des mains et il sanglote. C'est vrai, c'est curieux de pleurer pour un chapeau. Mais il paraît si pauvre qu'un tout petit truc comme un chapeau signifie probablement beaucoup pour lui. Peut-être ne pourra-t-il jamais plus s'en payer un autre. Comment ces pourris peuvent-ils être si monstrueux?

Ils s'en fichent. Ils continuent à lancer le chapeau dans tous les sens et lui n'a aucune chance de l'attraper.

Mais peut-être que je peux.

D'habitude je ne fais pas ce genre de choses. Mais comme il n'y a personne à proximité, maintenant c'est moi qui vais me mettre à pleurer si cela continue.

« Arrêtez-vous tout de suite ! » je leur crie de ma voix la plus adulte possible. Maintenant, ils commencent à me hurler des méchancetés. Des mots affreux que je ne voudrais même pas répéter. Et cela m'angoisse encore plus parce que je sais qu'ils ne plaisantent plus. Je ne peux pourtant pas m'arrêter. Bien que je tremble de tout mon corps, je plonge sur le chapeau. Mais je le rate, et je tombe par terre. Et eux s'amusent comme des fous. Maintenant c'est le grand qui lance le chapeau aussi haut qu'il le peut et il le rattrape. Il le lance juste au-dessus de ma tête. Moi, je suis debout et je me contente de regarder, attendant le moment voulu pour sauter dessus et le saisir.

Ils n'arrêtent pas de m'insulter, mais je ne quitte pas le chapeau des yeux.

C'est le moment.

Un souffle de vent entraîne le chapeau qui s'éloigne du garçon et je me lance à sa poursuite. Je cours assez vite et cette fois-ci je vais à toute vitesse. J'attrape le chapeau au moment même où il touche terre et je le serre contre ma poitrine. Je suis assise et recroquevillée de façon à ce qu'il n'en dépasse pas un centimètre. Je ferme les yeux de toutes mes forces en attendant que l'un des deux me l'arrache. Je le tiens aussi serré que possible. Je n'ose pas lever les yeux, car si je les vois s'avancer sur moi, je vais avoir si peur que je lâcherai le chapeau. Les secondes passent. J'ai l'impression que quelqu'un va me sauter dessus mais rien n'arrive. Je lance un petit coup d'œil de côté et je ne vois personne. Maintenant je tourne un peu plus la tête mais je reste en boule. Où sont-ils passés ?

Je me relève. Les garçons sont partis. Il n'y a plus que le vieux monsieur et il est étendu de tout son long. Mon Dieu ! Ils l'ont sûrement frappé. Sa tête est renversée en arrière et il a les yeux fermés. J'espère qu'il n'est pas mort... Faites qu'il ne soit pas mort !

J'avale péniblement ma salive et je m'oblige à marcher jusqu'à lui parce que j'ai très peur de ce que je vais voir.

Son chapeau sent mauvais. Je n'avais pas remarqué avant, mais à présent je me rends compte comme il est crasseux et je le tiens loin de moi, tout en approchant doucement du banc. Je ne vois pas de sang. C'est bien. Je continue tout de même à trembler. Et tandis que je m'approche, il se met à ronfler. Il s'est endormi ! Incroyable ! Je n'irais pas jusqu'à dire que je regrette qu'il n'ait rien de grave, mais je ne m'attendais pas à ce qu'il s'endorme immédiatement après tout ce qui lui est arrivé. Je reste là, à attendre qu'il se réveille et il n'en fait rien. Il est si calme qu'on croirait qu'il est dans son lit, chez lui. Moi, je me sens vraiment poire, debout, avec le chapeau à la main. Si je le réveille, il ne se souviendra probablement pas de ce qui est arrivé, alors, je me penche aussi près que je peux et je laisse tomber le chapeau sur ses genoux écartés. Allez, je lui aurai tout de même récupéré son chapeau. J'aurais aimé qu'il soit éveillé pour profiter de son plaisir. Cela m'aurait donné l'impression d'avoir fait quelque chose d'important. Enfin, quand il se réveillera, il sera heureux de savoir qu'il a son chapeau.

Avec tout cela, j'ai oublié l'heure, Rhona et le vélo...

LE VÉLO!

Où est-il? Mon Dieu, il a disparu!

5

Je cherche partout. De là où je me trouve, je vois tout le parc parce qu'il est tout petit et plat, et je ne vois pas de bicyclette. Je cours à l'endroit où je l'ai abandonnée et j'ai le cœur qui bat la chamade. C'est ce qui m'est arrivé de plus atroce dans ma vie.

Aucune trace du vélo. Il a disparu. Je sens que je vais vomir si je ne le trouve pas tout de suite. Je vais pleurer, je le sais. Je pleure déjà. Je souhaiterais n'avoir même jamais rencontré Rhona. Tout est de sa faute.

Rhona ! Mais bien sûr ! C'est tout à fait elle. Prendre la bicyclette, je veux dire. Sans me dire quoi que ce soit. Elle l'aura tout simplement emmenée à la course. C'est ce qui s'est passé. J'en suis sûre.

Sauf que non. Parce que Rhona, la voilà qui arrive justement avec Margot et Tracy, et elles sont à pied, toutes les trois. Elles ont encore un demi-pâté de maisons à parcourir et je vois bien que Rhona est furieuse. Elle a les poings sur les hanches et elle marche très vite.

«Bon, où est-elle ?» demande-t-elle en se dirigeant tout droit sur moi. Moi, je ne lui arrive qu'à l'épaule, alors je dois lever la tête pour voir son visage, me renverser loin en arrière parce qu'elle est pratiquement debout contre moi.

«Je ne sais pas», dis-je. «Quelqu'un l'a prise...» et je

me remets à pleurer. Je n'aime pas du tout pleurer devant elles toutes ensemble. Mais je n'y peux rien.

«Ouais, bien sûr», dit Rhona en lançant un coup d'œil à Margot et à Tracy par-dessus ses lunettes, l'air de dire que c'est moi qui ai monté tout ce baratin.

«On me l'a volée, je le jure», dis-je. «Je l'avais apportée ici et ensuite, il y a eu ces garçons qui taquinaient le vieux monsieur...» Je montre l'endroit où se trouvait le vieux monsieur, mais lui aussi a disparu. «Il était là, avant, je vous jure...»

«Alors, qu'est-ce que je fais, moi, maintenant, hein?» Rhona ne me laisse même pas achever toute l'histoire. La seule chose qui la préoccupe, c'est qu'elle n'aura pas de bicyclette pour la course.

«Ça alors, merci bien», dit Tracy. Je n'ai jamais aimé Tracy. Et Margot roule des yeux. Tout le monde est fâché contre moi pour avoir laissé voler la bicyclette. Elles font comme si j'étais responsable, alors que pouvais-je dire d'autre que: «Je vous demande pardon.»

Margot et Tracy hochent la tête comme si elles avaient du mal à concevoir que j'aie pu faire une chose pareille à Rhona.

«Fais-moi un plaisir, tu veux?» me dit Rhona.

«Tout ce que tu voudras», je réponds et je suis sincère. Je ne veux surtout pas qu'elle soit fâchée contre moi. Margot et Tracy m'indiffèrent, mais Rhona est ma meilleure amie. En ce qui me concerne, en tout cas.

«Crève!» dit Rhona, et elle fait volte-face avant que je ne puisse dire quoi que ce soit. Et elle s'en va avec Margot et Tracy sur les talons.

A travers les larmes qui m'emplissent les yeux, je les vois traverser le parc et sortir de l'autre côté. Rhona ne me parlera sans doute plus jamais, jamais. Au plus loin que je remonte dans mon souvenir, je ne me souviens pas d'avoir été aussi malheureuse. C'est comme si mon cœur s'était cassé en mille morceaux et avait glissé au fond de mon ventre. Et je suis toute seule. Je n'aime déjà pas être seule quand tout va bien. Mais maintenant, c'est pire que jamais. Si seulement je n'avais rien promis à Rhona. Si seulement... si seulement Liz n'avait pas reçu ce vélo pour son anniversaire, rien de tout cela ne serait arrivé. Ils auraient pu lui acheter un vélo ordinaire. Personne, dans ses amies, ne possède une Peugeot aussi luxueuse. Elle est tellement gâtée. Les parents lui achètent toujours des tas de choses très chères et elle ne les mérite absolument pas. Enfin, je ne crois pas. A la place de maman, je lui aurais acheté un vélo de Woolworth... et si elle ne l'avait pas aimé, j'aurais dit: «Pas de chance.» D'ailleurs, au cas où quelqu'un le volerait, ce ne serait pas si catastrophique. Et peut-être que s'il n'avait pas coûté si cher, personne n'aurait voulu le voler de toute façon.

Je déteste les gens qui volent. Ils rendent tout le monde malheureux.

Je devrais peut-être leur envoyer la police – aux voleurs de bicyclette, je veux dire – mais je ne peux pas appeler la police, parce que je n'étais pas censée l'avoir au premier chef. Peut-être que si j'attends un peu, ceux qui l'ont prise se sentiront mal et me la rapporteront. Ensuite, ils diraient qu'ils regrettent et qu'ils n'avaient pas l'intention de la garder de toute façon. Ils voulaient juste l'essayer un peu parce qu'ils sont très pauvres et que jamais ils n'auront l'occasion de rouler avec une Peugeot. Et moi, je dirais d'accord mais ne recommencez pas parce que vous pourriez vraiment avoir des ennuis et en plus vous faites de la peine à son propriétaire. Surtout si c'est la sœur de la personne et qu'elle n'avait déjà pas le droit de l'emprunter.

J'attends longtemps, mais j'ai bien l'impression qu'ils vont la garder. Il ne me reste plus qu'à rentrer à la maison et raconter à ma mère ce qui s'est passé. J'aimerais trouver une autre idée pour ne pas avoir à le dire. Peut-être qu'à mon retour, les voleurs l'auront rapportée.

Ce n'est pas impensable, vous savez. Même les voleurs peuvent changer d'avis.

6

Je suis complètement essoufflée en arrivant à la porte de la cave. Je fais des vœux... je prie... s'il vous plaît, mon Dieu, faites que le vélo soit revenu à sa place.

Je ne fais aucun bruit en allant de la cave au débarras. Il fait nuit noire. Je ferme les paupières très fort et j'allume.

Je jure sur ma tête que jamais plus je n'emprunterai le vélo de Liz, que je ne demanderai même pas à le toucher, ni à rouler avec et ne ferai rien de mal de toute ma vie si seulement ce vélo est revenu là où il doit être.

J'ouvre les yeux.

Rien. Ils n'ont rien rapporté, je veux dire. La vache, quels salauds. Je n'ai plus d'autre solution que de prévenir mes parents, j'imagine. Peut-être qu'ils sauront quoi faire, eux.

Et ce qu'ils feront, peut-être peuvent-ils le faire sans rien dire à Liz. La vache, elle va me tuer.

Tout d'un coup, me vient une idée.

La bicyclette a disparu et personne ne peut la récupérer, ce serait vraiment idiot d'empirer les choses. Peu importe ce qui est vraiment arrivé, le vélo a disparu et Liz se sentirait peut-être moins mal si elle pensait qu'il a été volé en bonne et due forme. Vous vous souvenez, Mme Milano a bien dit comment ils se sont introduits pour prendre le vélo de son fils l'année dernière. Alors, ça aurait pu se reproduire.

Je sais où il y a tout un tas de vieilleries, comme des morceaux de meubles et tout ça. Les ouvriers mettent toujours plein de vieux trucs sur ce gros tas, au fond, derrière le vieux frigo de M. Crowley. Alors, moi, je vais aller voir si je trouve quelques morceaux de chaîne pour faire croire que les voleurs ont cassé celle de Liz en volant sa bicyclette.

Je vais le faire, vous savez.

Je vais tout disposer comme si quelqu'un était entré et avait volé la bicyclette. C'est décidé. C'est affreux, n'est-ce pas ? Encore plus grave comme mensonge que le fait d'avoir piqué le vélo au départ, mais j'ai tellement peur de ce qui va arriver s'ils découvrent la vérité. D'ailleurs, si elle est partie, elle est partie. La façon dont elle est partie a-t-elle beaucoup d'importance ? Si cela change quelque chose, c'est à mes yeux à moi et comme j'ai déjà des remords, je ne vois pas pourquoi ils devraient en plus savoir la vérité. Peut-être la leur dirai-je un jour, quand je serai vieille ou au moment de mon mariage par exemple, ou quelque chose du genre. Mais pas maintenant, surtout pas maintenant.

Il faut croire que j'ai de la chance parce qu'il y a un morceau de chaîne parfait qui ressemble beaucoup à celle de Liz. Je prends cette chaîne cassée et j'entoure partiellement le poteau pour faire croire que quelqu'un a arraché les cadenas. Je cache la chaîne intacte de Liz dans le coin, sous la pile de vieille camelote. Comme au cinéma, quand le criminel tente de couvrir ses traces.

Peut-être devrais-je effacer mes empreintes digitales de la chaîne.

C'est sûrement un peu idiot, alors je le fais négligemment avec le bas de mon tee-shirt. Je me dépêche en essayant de voir si je n'ai rien oublié. Je jette un œil autour de moi pour m'assurer que je n'ai pas perdu un mouchoir avec mes initiales ou n'importe quoi du même style. Quoique cela ne me paraît pas possible vu que je ne possède pas ce genre de mouchoir. Mais je veux en être certaine, parce que, à la télé, c'est toujours comme cela qu'ils attrapent les gens.

Au lieu de monter par l'ascenseur depuis la cave, je passe par la porte de côté, je fais le tour, j'entre par le hall comme toujours. Everett, le portier, me fait à peine un signe de tête. Il est dans sa mauvaise période de l'année. Il ne parle que du temps qu'il fait. L'été, il me dit toujours: «Assez chaud pour toi ?» et l'hiver: «Assez froid pour toi ?». Au printemps et à l'automne, il se contente de hocher la tête.

Je ne rencontre personne dans l'ascenseur et j'ai du pot, parce que je me rappelle que j'ai ma clé, je peux donc me glisser discrètement dans la maison et filer dans ma chambre comme si j'y étais depuis des heures.

La maison est très calme. Les parents doivent être partis au tennis. Et Neddy a son foot le samedi matin. Liz n'est probablement pas encore revenue de sa répétition.

Elle va sûrement passer toute sa journée avec Eddie Gonzales – son petit ami – alors elle ne saura peut-être rien à propos du vélo. Et ma mère a dit aussi qu'il pouvait pleuvoir demain, alors elle ne risque pas de l'utiliser. Et comme lundi il y a école, il pourrait se passer pas mal de temps avant qu'elle ne s'aperçoive de sa disparition.

Si ça se trouve, j'ai deux jours devant moi avant de me faire du souci. Peut-être que d'ici là je le retrouverai. Je pourrais commencer à le chercher cet après-midi.

Je vais à la cuisine mais tout d'un coup j'entends des rires qui proviennent de la chambre de Liz. J'y vais sur la pointe des pieds. Elle a sa porte qui s'ouvre avec deux battants, alors on voit très bien par la fente du milieu.

J'espionne. Liz est là avec Eddie et ils font les quatre cents coups sur le lit. Je ne vois pas bien, mais on dirait qu'ils se battent, mais il faudrait pas me prendre pour une idiote. Dès que les parents sont sortis, ils se mettent à flirter. Je déteste être avec eux, parce qu'ils sont tout juste bons à aller dans leur chambre et à fermer la porte. Je ne comprends même pas qu'ils n'en aient pas assez de faire éternellement la même chose. Moi, j'en aurais marre des bisous et des câlins pendant des heures et des heures. Même quelques minutes, cela ne me plairait pas tellement. Et pourtant, Eddie est vraiment très mignon. Il a les cheveux très bruns, la peau très mate. Il a l'air très bronzé, mais ce n'est pas du bronzage, c'est parce qu'il est portoricain. Dans notre école il n'y a presque pas de Portoricains, parce que c'est une école privée et qu'elle coûte très cher. Mais on donne des bourses aux enfants pauvres quand ils sont très intelligents. Eddie est un cerveau, spécialement en maths, et sa famille est très pauvre. C'est l'aîné, il a trois frères et deux sœurs et sa mère va avoir un autre bébé cet automne. Ils doivent drôlement aimer les enfants pour en avoir autant.

Mes parents disent que les Gonzales vivent dans un quartier mal famé. Liz n'a pas le droit d'y aller. Ils disent qu'ils veulent bien qu'Eddie vienne chez nous, mais elle n'a pas le droit d'aller chez lui. Parfois elle y va quand même mais ils n'en savent rien. C'est fou, ce que mes parents peuvent être surprotecteurs. Ils ne seraient pas très heureux non plus s'ils savaient qu'elle se prélasse dans sa chambre avec Eddie.

Je m'éloigne de sa porte lorsque la porte d'entrée s'ouvre et se referme en claquant. Ce doit être Neddy. Je file à la cuisine pour qu'il ne me surprenne pas en train d'espionner.

«Il y a quelqu'un?» crie-t-il depuis le hall.

«Ouais», je réponds, et en même temps, Liz pousse un hurlement pour qu'on n'entre pas dans sa chambre.

«Liz?» dit Neddy d'un ton surpris. Il se précipite à sa porte et l'ouvre brutalement. Jamais je n'aurais osé faire une chose pareille.

«Je t'avais bien dit de ne pas entrer», dit-elle. Et elle est très en colère. Moi, je dérive lentement jusqu'à sa porte parce que j'adore les entendre hurler l'un sur l'autre et non sur moi.

Neddy ne remarque pas sa hargne. Il demande: «Qu'est-ce que tu fais à la maison?»

Elle lui jette à la figure: «A ton avis?»

Eddie reste à l'écart de tout ce dialogue.

«Je croyais que tu étais partie à vélo», je l'entends dire de la cuisine.

Uh, oh...

«Qu'est-ce que tu dis?» demande-t-elle. «Je n'ai pas touché mon vélo de toute la journée.»

«Ah bon.» Et il demande: «Et qui est-ce qui l'a?»

A cet instant, Liz pousse un hurlement et elle ne sait rien encore. A ce stade, je suis déjà hors de la cuisine et juste derrière Neddy.

«Personne ne l'a!» Elle peut devenir hystérique en un clin d'œil. «Il est dans la cave. Non? Tu veux dire qu'il n'y est pas? Où est mon vélo?»

«Je ne sais pas», dit Neddy et il se tourne vers moi en roulant des yeux comme s'il la prenait pour une folle.

Elle attrape Eddie et se précipite hors de l'appartement, en gémissant: «Mon vélo... mon vélo.»

Naturellement nous la suivons au pas de course.

J'aurais aimé éviter, mais ça aurait paru bizarre, si je ne suivais pas. Je suis très gênée pendant la descente en ascenseur parce que Liz geint et pleure comme si quelqu'un était mort. Je parie qu'elle ferait moins d'histoires si on m'avait kidnappée.

A la seconde même où la porte s'ouvre, elle fuse hors de l'ascenseur et fonce dans le couloir vers le débarras, Neddy et moi à quelques pas de distance. Soudain, ce cri horrible. Oh, comme je voudrais être morte!

M. Rosnicof, le gardien, se précipite hors de la chaufferie avec une moitié de sandwich dans la main et il crie: «Qu'est-ce qui se passe? Qu'est-ce qui s'est passé? Qui est blessé?»

Il se cogne à nous pratiquement.

J'avais oublié que M. Rosnicof était dehors quand j'ai

pris le vélo. Je prie de toutes mes forces pour qu'il ne m'ait pas vue avec.

«Ohhh, M. Rosnicof, ils ont pris mon vélo...» dit Liz qui se jette dans les bras du gardien en sanglotant.

Il recule un peu, M. Rosnicof. Je crois qu'il a peur d'avoir des larmes de Liz sur sa chemise. M. Rosnicof n'a jamais l'air d'un gardien même quand il travaille. Je veux dire, ses vêtements sont toujours impeccables et propres, ses cheveux lissés, brillants et il a une grosse moustache noire dont il relève les bouts et qu'il tortille en pointes. Ma mère dit qu'il se prend pour un acteur de cinéma et mon père pense que s'il n'a jamais l'air de travailler c'est qu'il ne travaille jamais. Les habitants de l'immeuble se plaignent de lui tout le temps et lui, il se plaint tout le temps d'eux. Mais il nous aime bien, nous les enfants, et moi aussi, je le trouve sympa.

«Calme-toi, maintenant, Élisabeth», dit M. Rosnicof. «On le retrouvera.» Et il me regarde, et je ne sais pas s'il sait quelque chose ou s'il me regarde, simplement. Je ne dis rien, je me donne un mal fou pour avoir l'air naturel, et pourtant, je commence à trembler des pieds à la tête. «Quelqu'un l'a peut-être emprunté», dit-il.

Je retiens ma respiration, en attendant qu'il me désigne du doigt.

Liz fait non de la tête. Elle ne l'a prêtée à personne.

«Alors, peut-être», dit-il, «que quelqu'un l'aura déplacée. Allons voir.» Wouh! Je suis sauvée. Il ne m'a pas vue. Et nous suivons tous M. Rosnicof dans le débarras. Il prend sa torche dans la poche arrière de son pantalon et éclaire la pièce.

Je ne sais même pas pourquoi je regarde, puisque je sais déjà qu'elle n'est pas là. Pendant ce temps, Neddy se dirige vers l'endroit où le vélo est censé être, et du coin de l'œil je le vois qui se penche et qui ramasse quelque chose.

«Hé, regardez ça», dit Neddy.

Il montre la chaîne brisée. Liz, Eddie et M. Rosnicof se précipitent pour regarder.

Moi, je lambine un peu derrière eux. Je commence a être un peu inquiète. Imaginez qu'elle s'aperçoive que ce n'est pas sa chaîne.

«Quelle honte», dit M. Rosnicof, hochant la tête et prenant le morceau de chaîne des mains de Neddy. «On dirait que quelqu'un s'est servi d'une scie à métaux sur ce truc.»

«Ils m'ont volé mon vélo!» Liz s'est mise à pleurer sur l'épaule d'Eddie qui la rassure. Je ne sais pas comment d'ailleurs.

«Alors, M. Rosnicof?» demande Neddy. «Vous croyez qu'il faut appeler les flics?»

«Absolument», répond-il. «Mais laissez-moi vérifier pour voir si c'est la seule chose qui manque.» Et il parcourt attentivement la pièce du regard. «Hé», dit-il en montrant du doigt un autre coin de la pièce qui est vide, «je crois qu'ils ont pris un autre vélo.»

«Je ne crois pas», dis-je et tout le monde se tourne vers moi. Tout d'un coup, j'ai très chaud, partout... «parce qu'il n'y a jamais rien eu dans ce coin-là.»

«Comment le sais-tu?» demande Neddy, vraiment odieux.

«Je le sais, parce que Mme Weyland laissait son vieux landau de bébé là. Vous vous souvenez?»

Ils répondent tous affirmativement. A mon avis, il est impossible qu'ils se souviennent, parce que je viens de l'inventer. C'est que ça doit être vrai. Dieu merci.

Tout le monde suit M. Rosnicof dans son petit bureau. Ce n'est pas un bureau comme les autres. Plutôt une sorte d'atelier. Avec toutes sortes d'outils qui pendent sur les murs et un divan dans un coin, où de l'avis de tous il dort chaque fois qu'il y a une panne importante. Les habitants de l'immeuble disent qu'il est tout juste capable de tournicoter autour de la maison pour voir passer les filles. De mon point de vue, il est trop vieux pour s'intéresser aux jolies filles. Je crois même qu'il est plus vieux que mon père.

Nous restons assis là une bonne dizaine de minutes et tout le monde essaie d'imaginer ce qui a pu arriver à la bicyclette. Même moi, parce que ce serait bizarre si je ne le faisais pas aussi. Et là, je commets une erreur en les informant que pas plus tard que l'année dernière, on a déjà volé le vélo du fils de Mme Milano. Liz demande comment je ne le lui ai pas dit puisque je le savais. Elle commence à rejeter la faute du vol sur moi. Ce qui est un peu scabreux, car en fait c'est véritablement ma faute, mais pas comme elle croit. Vous voyez comme elle me jette toujours la pierre? Quelle importance si elle ne se trompe pas cette fois-ci. C'est pour de mauvaises raisons, alors ça ne compte pas.

«Ce n'est pas juste», je lui dis. «J'ai essayé de te parler mais tu étais trop occupée à parler au téléphone.»

«Depuis quand la politesse t'empêche de m'interrompre au téléphone en plein milieu d'une conversation ?» dit-elle comme une morveuse. «Hein ? Depuis quand ?» Et elle se lance dans une imitation de moi. «Ce n'est pas juste», dit-elle d'une petite voix aiguë qui ne ressemble pas du tout à la mienne. «J'ai essayé de te dire qu'il y avait le feu à la maison, mais tu étais au téléphone...» dit-elle à Eddie. «Tu vois ce que je veux dire ? Elle est impossible.»

«Allez, Liz», dit Eddie, «tu ne peux pas en vouloir à Ari. Il y a tout le temps des vols dans les caves. D'ailleurs elle a probablement vraiment essayé de te parler.»

«Tu te mets aussi de son côté maintenant ? Fantastique», dit Liz et on dirait qu'elle va fondre en larmes, ce qui rend Eddie très malheureux parce qu'il est gentil et doux. Je ne comprends pas comment il peut aimer cette sorcière.

«Je ne prends le parti de personne, Liz», dit-il, en l'entourant de ses bras. «Je pense seulement que tu ne devrais pas rejeter la faute sur Ari.»

J'aimerais qu'il soit mon frère. J'échangerais tout de suite Liz et Neddy contre un garçon comme lui.

«Ils ne l'ont jamais retrouvée ?» me demande Neddy.

«Hein ?»

«La bicyclette de Milano, patate.»

«Oh, je ne sais pas.» Je hausse les épaules.

«Comment ça se fait ?»

«Qu'ils ne l'aient pas retrouvée ?» Parfois ils m'embrouillent et ils se fâchent tellement que je ne sais même plus de quoi ils parlent.

«Non, tarée», dit Neddy en roulant des yeux comme si j'étais trop bête pour les mots. «Comment se fait-il que tu n'aies pas demandé à Mme Milano s'ils l'ont retrouvée? Elle aurait dû lui demander, n'est-ce pas, Liz?» Il essaie toujours de prendre Liz de son côté.

«Tu as raison», dit Liz. «Mon Dieu, Ari, quelquefois tu carbures tellement que je n'en crois pas mes oreilles.»

Ils continuent comme ça sur le thème de ma bêtise et ils oublient complètement l'histoire de la disparition du vélo. La seule chose qui les intéresse c'est de me harceler. Sauf Eddie, bien sûr. Et lorsque je crois que c'est parti pour continuer, la police arrive. Deux policiers vraiment costauds portant matraque et revolver et tout le tintouin.

M. Rosnicof va droit vers eux, leur serre la main et se présente comme le gardien sauf qu'il est tellement élégant qu'il a plutôt l'air d'être le propriétaire des lieux.

Il leur raconte l'aventure de la bicyclette, qu'ils écoutent sans nous quitter des yeux.

Surtout moi, j'ai l'impression. Et cela m'énerve au plus haut point.

7

Je crois qu'ils savent que le vélo n'a pas vraiment été volé à la cave. Ne serait-ce qu'à la façon dont ils prétendent ne pas me remarquer. Je vois bien que c'est bizarre. La première chose qu'ils demandent c'est à qui appartient le vélo. Liz dit que c'est le sien et elle leur sert toute l'histoire. Elle raconte si bien qu'ils écoutent tous intensément, comme une émission de télé ou un truc du genre. Elle commence tout au début, elle raconte que c'était son cadeau d'anniversaire et tout, et tout le monde fait *Aahhh!* et qu'elle ne voulait pas le laisser dans la cave au départ mais que ses parents l'y ont obligée et on dirait que tout le monde pense: *Beuh, quels salauds!* Ensuite elle leur explique comment le vélo est parti et tout d'un coup elle ouvre grand la bouche, met sa main devant et de grosses larmes mélangées à son fard à paupières vert commencent à rouler sur ses joues. Ce n'est pas très esthétique, mais pour raconter, elle est la plus forte. Mon père dit qu'elle deviendra une grande comédienne, un de ces jours.

Visiblement, les policiers sont du même avis, à voir la façon dont ils essaient de la calmer.

«Qui est-ce celui-là?» Le grand flic montre Neddy.

«C'est mon frère», lui dit Liz, et le policier hoche la tête comme s'il prenait note dans sa tête. Il fait peur, et pourtant, il a des joues roses comme une poupée et ça ne l'empêche pas d'avoir l'air méchant. Sur son insigne est écrit *Fitzroy*.

«Et elle?» Il fait un signe de tête à mon adresse. Ses yeux me vrillent le cerveau. Je vous dis. Il sait.

«C'est personne», dit Liz, «juste ma petite sœur.»

«D'accord», dit Fitzroy; il fait comme si je ne comptais pas. Ce que je pense, c'est qu'il est très malin, malgré les apparences.

Pendant ce temps, l'autre policier qui est encore plus terrifiant parce qu'il a l'air furieux reste là à regarder Eddie. Et Eddie a l'air d'avoir encore plus peur que moi.

«Dis donc», dit-il finalement en appelant Eddie.

«Oui monsieur», dit Eddie. La vache, c'est la première fois de ma vie que je l'entends dire «monsieur» à quelqu'un.

«Où tu es dans ce paysage, toi? Un autre frère?» Et il émet une sorte de gloussement comme s'il avait fait une bonne blague. Personne d'autre ne rit, même pas l'autre policier. Je crois qu'il l'a dit méchamment parce qu'Eddie est portoricain, et pas nous.

«A votre avis?» demande Eddie avec la même dureté que le policier. Liz se rapproche d'Eddie, comme si elle voulait le protéger.

«C'est mon copain», dit Liz.

«C'est possible», dit le flic en regardant Eddie, très durement. «A quelle heure es-tu arrivé ici?»

«Je n'en sais rien.» Eddie hausse les épaules. «Il y a environ deux heures, à peu près.»

«Et ce matin, tu étais où?»

Maintenant le premier flic s'en mêle. Je ne sais pas si j'ai raison, mais il me semble qu'ils s'acharnent sur Eddie parce qu'ils le croient coupable, et s'ils le croient, c'est parce qu'il est portoricain. Je sais que cela peut paraître idiot mais c'est mon impression. Les préjugés c'est ça – c'est d'une bêtise! La vache, mes parents seraient vraiment furieux s'ils voyaient cela. Même moi, je n'aime pas, indépendamment du fait que s'ils ne s'acharnaient pas sur lui, ils s'occuperaient sans doute de moi. Peut-être qu'ils ne le font que pour m'égarer. Si seulement ils ne savaient pas encore, cela me donnerait le temps de retrouver moi-même le vélo. C'est tout ce dont j'ai besoin, vous savez, juste un peu de temps. Je sais que je peux le retrouver.

«J'étais à la répétition toute la matinée et ensuite, je suis rentré chez moi un moment», leur dit Eddie. «Puis je suis revenu directement ici.»

«Combien de temps es-tu resté chez toi?» demande le policier en colère. Sur son insigne d'identification il y a son nom, *Jones.* Il est assez gros avec les cheveux gris et un visage rougeaud qui a l'air de rougir encore.

«Deux heures.»

«Ouais. Et tu as vu qui?»

«Je ne sais pas. Mon frère, je crois.»

«Comment il s'appelle?»

«Pourquoi vous faut-il le nom de mon frère? Écoutez, M. l'agent, je n'ai pas volé ce vélo.»

«C'est complètement fou», dit Liz et elle est vraiment furieuse. Elle n'a pas peur. «Vous n'avez pas le droit de parler comme ça à mon ami.»

«Elle a raison», Neddy approuve. Moi, je ne dis rien.

«Celui qui a volé la bicyclette a cassé la chaîne. Pourquoi l'aurais-je fait? Je connais la combinaison.»

«C'est bien vrai, mademoiselle?» demande Fitzroy.

«Bien sûr qu'il la connaît», dit-elle. «Je vous ai dit que c'est mon ami.»

«Bon, eh bien, c'est tout», dit-il à son collègue. «On ne trouvera rien d'autre ici.» Et ils s'en vont tous les deux.

«Attendez!» crie Liz d'une voix perçante. «Où allez-vous? Vous n'allez même pas la rechercher?»

«Ecoutez mademoiselle», dit le sergent Fitzroy. «On vole des centaines de vélos par an et on n'a presque aucune chance de les retrouver. Il faut voir les choses comme elles sont!»

M. Rosnicof intervient: «Vous voulez dire que vous n'allez rien faire? C'est, comme vous dites, bien dommage. A quoi cela sert-il d'être agent de police, si vous ne pouvez même pas retrouver le vélo d'un môme?»

«Eh, minute, les gars», réplique Fitzroy. «Je n'ai pas dit que nous n'allions pas essayer. Tout ce que j'ai voulu dire, c'est qu'elle ne doit pas se faire trop d'illusions.»

«Votre ville est pleine de bêtes sauvages qui guettent pour se jeter sur tout ce qui n'est pas scellé dans le béton», dit l'affreux policier. «Qu'est-ce que vous voulez qu'on fasse?»

«Du calme», dit son collègue. «Ils veulent juste être sûrs qu'on fait un effort.»

M. Rosnicof est encore fâché et il dit: «Vous ne donnez pas l'impression d'essayer très fort.»

«Mais si», dit le gentil policier. «Nous allons tout de suite au poste, vérifier quelques détails. On vous préviendra dès que nous trouverons quelque chose. Ça vous va?»

«Cela nous fera une belle jambe», dit Liz.

Et elle a l'air si triste que le gentil policier lui dit avec douceur: «Nous ferons du mieux que nous pourrons, mademoiselle. Pourriez-vous nous donner une description de la bicyclette?»

«Elle est superbe», dit-elle, «la plus luxe des Peugeot que vous ayez jamais vue de votre vie.»

«Pourriez-vous être plus précise? Dire sa couleur, par exemple?»

«Oh, oui. En fait, c'est un genre de bleu-vert. Au soleil, c'est un bleu aquatique, mais pas en réalité. Il y a trop de bleu dans ce vert. C'est un peu le vert de cette bague de maman.» Elle se tourne vers moi. «Celle qu'elle porte avec sa robe rose.»

J'approuve de la tête. Et le policier la presse un peu. «D'accord, j'ai compris. Il n'y a rien d'autre que nous devrions savoir?»

«Eh bien, sur les côtés, il y a des filets argent un peu irisés et la selle est beige fauve, très doux. Parfois on dirait qu'elle a des reflets argent qui viennent du guidon. J'ai couvert les poignées de ruban adhésif d'un beau blanc brillant qui fait vraiment bien ressortir les filets et donne de l'éclat à tout le vélo.»

«Pigé», dit le flic en relisant dans son calepin. «C'est une Peugeot bleue avec un filet blanc et une selle marron. C'est ça?»

«Oui, ça doit être ça», répond Liz complètement déçue.

«C'est bon», dit-il en fermant son calepin, et ils s'en vont tous les deux et nous nous mettons tous à parler et à nous raconter comme ils étaient monstrueux. C'est vrai, Fitzroy, celui qui avait les joues roses, n'était pas si mauvais, mais l'autre était atroce, surtout la façon dont il harcelait Eddie. Tout le monde est d'accord pour retourner là-haut et attendre les parents. Mais moi je leur dis que je vais peut-être aller faire un tour.

«Peut-être que celui qui a pris le vélo l'aura abandonné pour fuir à toute vitesse, ou peut-être qu'ils auront changé d'avis et qu'ils n'auront même pas...»

Je m'arrête en plein milieu de ma phrase parce que personne n'écoute. Même pas Eddie. Je déteste qu'ils me traitent comme si je n'existais pas. Liz et Neddy le font tout le temps, de toute façon. C'est parce que je suis tellement plus jeune. Ils s'imaginent que je ne sais pas ce que je dis. S'ils avaient la moindre idée de tout ce que je sais sur cette histoire! Même si je le leur disais, ils ne m'écouteraient pas. Juste au moment où j'allais sortir par la porte de service de la cave, Liz me demande où je vais.

«Je t'ai dit que je vais chercher le vélo.»

«Dieu du ciel», dit Neddy. «Mme Maigret.»

Je le hais.

Je lui réponds: «La ferme.» Et Liz me dit que je ne suis pas censée dire «la ferme». Elle se prend pour ma mère maintenant, ce qui est pire que quand elle est ma sœur.

«Alors dis-lui, toi, d'arrêter de m'embêter.»

«La ferme, Neddy», dit-elle.

«Tu avais dit toi-même qu'il ne fallait pas dire *la ferme!*» je lui dis.

«Patate, je suis avec toi», me dit Liz en hurlant presque. Elle est odieuse, même quand elle est censée m'aider. «Bon, qu'est-ce que tu fais?» veut-elle savoir.

«Rien», dis-je.

«Je croyais que tu allais chercher ma bicyclette?»

«Oui, j'y vais.»

«Génial. Alors vas-y.»

Même si je la lui retrouvais, elle ne me dirait probablement même pas merci. Je passe par la porte de la cave, je remonte le passage et me dirige vers le petit parc. Je verrai peut-être ces horribles types. Mais ils sont si méchants qu'ils ne voudraient probablement même pas m'aider de toute façon. Le vieux monsieur devrait m'aider, lui, parce que j'ai vraiment été sympa de lui récupérer son chapeau. S'il s'en souvient.

8

Il y a pas mal de monde dans le parc, le samedi après-midi. Ce sont surtout des familles qui vont à l'aire de jeux où il y a les balançoires. Moi, je n'y vais plus dans ce coin-là. Pas cette année, en tout cas. Parfois j'aurais envie d'aller sur les balançoires ou sur les cages à poules, mais j'aurais l'air bête. Surtout si on me voit. Les gens me prendraient pour un vrai bébé. En général les grandes personnes ne tolèrent pas les gens du parc, les soûlots et les dames-sacs-en-papier, dans l'aire de jeux. Alors, je ne me donne même pas la peine d'aller voir. Je fais le tour par l'allée extérieure, où il y a ces fleurs, et je me fraye un chemin vers le milieu du parc. Une ou deux fois j'ai l'impression de voir le vieux monsieur, mais quand je m'approche, je découvre que c'est quelqu'un d'autre. Je le reconnaîtrais n'importe où. Une fois, j'ai l'impression que c'est lui et finalement ce n'est même pas un homme mais une vieille femme, elle porte tellement de vêtements que c'est difficile à dire.

Ça y est, je commence à être très mal à l'aise. Je ne le retrouverai peut-être jamais, le vélo de Liz, et j'aurai ce vol éternellement sur la conscience, et j'aurai toujours le sentiment d'être une voleuse.

J'espère que ce n'est pas le début d'une carrière de malfaiteur. Ce n'est pas drôle du tout, parce que c'est souvent comme ça que ça commence, la vie d'un malfaiteur, je veux dire. Ils commencent à faire des bêtises quand ils sont très jeunes, ça devient de pire en pire, et de plus en plus grave jusqu'à ce qu'ils deviennent des gangsters avec des pistolets et des coups-de-poing américains et ensuite, ils vont en prison et tout. Je suis même sûre que la plupart ne commencent même pas avec un délit aussi grave que le mien. La vache, ma famille serait drôlement choquée et honteuse si elle savait. Je ne peux pas m'empêcher de pleurer en y pensant parce que c'est ce que j'ai fait de plus horrible dans toute mon existence et je ne vois personne à qui en parler.

Je fais quatre fois le tour complet du parc et je ne vois toujours pas le vieil homme ni les garçons. Lorsque je retourne à l'aire de jeux, il commence à bruiner et tout le monde attrape son gosse si vite qu'on dirait qu'il ne tombe pas de l'eau mais de l'huile bouillante. Les parents sont bizarres avec la pluie. Ils deviennent fous si vous vous mouillez un tant soit peu. Comme si vous alliez instantanément attraper une pneumonie. Je suis si triste que je ne veux pas retourner à la maison et tant que personne ne sait où je suis et qu'il fait assez chaud, je décide de rester assise sous la pluie. Du coup je peux jouer sur tous les jeux des enfants parce que personne ne peut me voir à présent.

D'abord je joue avec la balançoire et j'essaie de me balancer entre les grosses gouttes de pluie mais elles me touchent quand même. Je renverse la tête en arrière, j'ouvre la bouche et je laisse les gouttes me tomber pile dans la bouche. Un jour quelqu'un a dit qu'il y avait un grain de poussière dans chaque goutte de pluie. Elle n'ont pas un goût de saleté.

Les cages à poules, c'est ce que je préfère mais c'est vraiment pour les bébés. J'arrive à me pendre par les pieds avec mes mocassins. Ma mère est folle quand elle me voit le faire mais comme elle n'est pas dans les environs, je reste pendue un moment et je me sens tout engourdie. J'ai comme un bourdonnement dans les oreilles et je vois tout à l'envers.

Cela me plaît parce que c'est complètement différent et que peut-être dans ce monde à l'envers je ne devrais pas m'inquiéter pour une bicyclette. Personne ne roule la tête en bas sur une bicyclette, si ? Moi, je m'accroche à l'envers aux barres de la cage à poules et je laisse pendre ma tête loin et je balance mes jambes de l'autre côté. C'est moins difficile que cela en a l'air.

«Hé, pas mal du tout», dit une voix tout près. Même vu la tête en bas, je constate que c'est une petite fille qui a à peu près mon âge.

Elle recule d'un pas et je vois que c'est Jane Richardson, la nouvelle de ma classe. Elle va sûrement en parler à Rhona et j'aurai l'air d'une pauvre gamine qui s'amuse dans les cages à poules.

«Salut», dis-je, toujours pendue. Si cela se trouve elle ne me reconnaîtra pas la tête en bas. Mais combien de temps puis-je rester ainsi ? J'ai des fourmillements bizarres dans la tête.

«Salut», dit-elle. J'ai l'estomac qui se révulse. J'aimerais bien qu'elle s'en aille pour que je puisse me relever. Mais elle ne bouge pas.

«Bon», dis-je, «à un de ces jours.»

Cela la fait sourire. Un grand sourire gentil.

«C'est drôlement bien.»

«Quoi?» dis-je. Je commence à me sentir très mal avec tout ce sang qui reflue dans ma tête.

«Tu sais bien, cette façon de te pendre.»

«Oh.»

«Tu pourrais me montrer comment tu fais?»

Je n'arrive pas à savoir si elle se moque de moi ou si elle veut vraiment que je lui montre comment on fait. Mais je ne peux pas rester pendue une seconde de plus ou je vais dégueuler. Alors, d'un élan balancé, je me rétablis, et fais un atterrissage parfait sur les pieds. Je dois attraper un bout de barre pour me stabiliser parce que j'ai la tête qui tourne.

«Cette galipette à l'air drôlement difficile», dit Jane et je n'ai pas l'impression qu'elle me taquine. «Tu es gymnaste ou quoi?»

Sans blague. Je n'avais jamais vu les choses sous cet angle – moi, gymnaste, je veux dire. J'avais toujours considéré cela comme des trucs de mômes. C'est fantastique. Maintenant, je pourrai aller sur les cages à poules quand j'aurai envie et je dirai que je m'entraîne pour les Jeux Olympiques.

«Non, je ne suis pas encore gymnaste», dis-je à Jane, «mais je m'entraîne.»

«C'est fantastique», dit-elle. «Tu vas tenter ta chance aux Jeux Olympiques?»

«Sans doute», dis-je et je balance une fois ou deux mes jambes d'un mouvement qui pourrait bien être le début de quelque chose de très difficile. C'est drôle, il y a longtemps que les cages à poules ne m'ont autant amusée. Mais c'est peut-être toujours comme ça qu'on voit les choses qu'on fait soi-même.

«Tu pourrais me montrer?» demande Jane et je lui réponds que oui, évidemment.

Jane apprend très vite, et d'ailleurs, travailler les cages à poules n'est pas aussi rusé que cela en a l'air. En dehors du fait qu'il commence à pleuvoir des cordes et que les barres soient très glissantes. Mais elle fait exactement ce que je lui dis et quand elle réussit, elle pousse un grand cri de joie! Elle tourbillonne encore une fois ou deux et se laisse tomber sur ses pieds et avec un grand sourire elle me dit: «Merci beaucoup. J'ai toujours adoré les cages à poules. Pas toi?»

«Ouais», dis-je maintenant que je me lance dans la gymnastique. «Je m'appelle Ari Jacobs. Toi, c'est Jane, c'est ça?»

«Oui, Jane Richardson.»

Je décide d'emblée que je vais aimer Jane. Je ne sais pas grand-chose d'elle. Elle est nouvelle dans le quartier mais elle a quelque chose de si gentil, de si facile que je suis tout simplement persuadée que nous allons nous entendre parfaitement. Son visage est rond comme une assiette, avec de grands yeux bruns et des lèvres roses, très roses, dont les bords remontent en sourire, même quand elle parle. Elle est vraiment très jolie, à part son corps qui est pire que le mien. Moi, je suis une maigrelette de bas en haut. Et elle est dodue de haut en bas. Elle me fait un peu penser à une brioche.

«Salut», dis-je.

«Salut.»

C'est toujours pareil quand on fait connaissance. Au début on n'a rien à se dire, alors on reste planté là à se regarder. Etrange, ça n'arrive pas aux adultes. Ils ont toujours des quantités de choses à se dire. On dirait que Jane a les mêmes problèmes que moi parce qu'elle reste là, comme ça, avec un sourire qui commence à virer. Il y a quelque chose dans tout ça qui me chatouille et j'émets un petit gloussement de rire, et elle aussi, et on est vite en train de rire toutes les deux et on devient même complètement folles furieuses et, je ne sais pas pourquoi, mais c'est fabuleux parce qu'on a l'air de deux cinglées dégoulinantes et hystériques.

«Allez viens», dit-elle et elle se met à courir dans le parc. Je la suis en courant. Chaque fois qu'elle se retourne vers moi, elle éclate de rire et moi aussi. Et il pleut si fort qu'on a du mal à voir où nous allons.

En sortant du parc, Jane met le cap sur la huitième rue et je la suis. Elle fonce dans le premier magasin que nous rencontrons, et il se trouve que c'est une boutique de sous-vêtements chichiteux.

Ils n'ont pas l'air tellement contents de nous voir parce qu'on ruisselle sur le sol.

«Que puis-je faire pour vous mesdemoiselles?» dit la dame derrière le comptoir avec l'un de ces sourires forcés qui vous indique tout de suite que la façon dont elle voudrait vous aider c'est de vous voir sortir du magasin.

«Eh bien», Jane se ressaisit et dit de la voix la plus snob

que vous ayez jamais entendue: «Ma camarade et moi-même serions intéressées par de la lingerie.»

«Quel genre de lingerie, précisément?»

«Genre soutien-gorge.»

«Pour vous-mêmes?»

«Oui, c'est cela», dit Jane et elle prend l'air un peu offensé.

«Quelle est votre taille?»

«Soixante-dix, A. Mais je voudrais un modèle rembourré.»

«Moi aussi», dis-je.

«Certainement», dit la dame et elle part à la chasse dans toutes les boîtes rangées derrière le comptoir.

J'ai deux soutiens-gorge à la maison. Des héritages, bien sûr, de quand Liz avait mon âge. Ils sont un peu miteux. On dirait plutôt des morceaux de chemise de corps que des soutiens-gorge, et je ne les porte pratiquement jamais. D'ailleurs ils sont trop grands. Pas les bonnets, mais le tour de poitrine. Je sais bien que je n'en ai pas besoin à ce point. Tout de même, beaucoup de filles de ma classe en ont un et ma mère a dit que moi aussi, je pourrai en avoir, mais elle voudrait que je commence avec les anciens de Liz.

Peut-être que si j'en trouve un beau ici, elle m'autorisera à l'acheter.

La dame nous en donne un à chacune et dit qu'on peut les essayer.

Il n'y a qu'une cabine d'essayage et ce n'est même pas vraiment une cabine. Ce n'est qu'un coin de pièce avec un rideau pendu et le rideau ne couvre même pas tout l'espace parce qu'il est trop court sur les côtés et tout le monde peut voir à l'intérieur.

Pas vraiment tout le monde, parce que dans le magasin, il n'y a que la vendeuse. Mais n'importe qui pourrait y entrer et n'importe quand. Même un garçon de la classe. Il y a peu de risques mais il pourrait venir chercher un paquet pour sa mère ou un truc du style. En tout cas, je sais une chose, c'est que je n'ai pas envie de retirer mon tee-shirt parce que je n'ai pas mis de chemise de corps aujourd'hui. Et si la dame ne regarde pas, je ne veux pas que Jane me voie non plus. Liz me trouve tout à fait cinglée d'être si timide à l'idée qu'on pourrait me voir nue mais elle ne comprend jamais rien.

Je ne ferais pas tant d'histoires si j'avais quelque chose à cacher. Mais je suis quasiment plate à part un petit renflement autour du bout des seins, surtout le droit, ce qui est encore pire.

Je crois que Jane aussi regrette que nous nous soyons lancées dans cette aventure. Nous sommes bloquées dans ce petit espace et il n'y a aucun moyen d'avoir son intimité. Comme je ne voudrais pas avoir l'air gênée, je fais plein de petites manières avec le soutien-gorge. Par exemple j'examine de près les coutures, je teste l'élastique et chaque fois j'attends que Jane fasse aussi quelque chose. Mais elle se contente de faire la même chose que moi – elle prend l'air de s'intéresser au soutien-gorge. On pourrait rester comme ça éternellement. Je sais qu'il n'est pas question que je retire ma chemise à moins qu'elle n'ôte la sienne.

«Si tu veux», dit-elle, «je te tiendrai le rideau pendant

que tu essaies le tien.» Et elle se retourne, me tient le rideau sans même essayer de m'espionner. Je me débrouille en faisant presque tout sous mon tee-shirt de toute façon. A mon tour, je lui tiens le rideau et ensuite nous remettons toutes deux nos tee-shirts et nous sommes superbes. Un peu pointues mais fantastiques et très réalistes.

«Tu vas l'acheter?» je demande à Jane.

«Je pourrais», répond-elle. «J'ai l'argent de mon anniversaire que ma tante m'a donné. Elle en mourrait si je le dépensais pour un soutien-gorge, mais je ne suis pas obligée de le lui dire. Et toi?»

Je fronce les sourcils. «Je ne peux pas, je viens de dépenser une grosse somme d'argent pour l'anniversaire de ma mère.»

«Je pourrais t'en prêter. Combien as-tu?»

«Deux dollars, vingt-cinq cents, mais j'ai peut-être encore cinquante-sept cents dans ma tirelire.»

«Il ne coûte que quatre dollars et demi, alors je pourrais te prêter les deux autres.»

«Mais c'est l'argent de ton anniversaire.»

«Ça ne fait rien.»

«Je ne sais pas...» J'essaie de ne pas laisser voir combien j'ai envie du soutien-gorge, alors je lui dis que je vais économiser et l'acheter le mois prochain.

«Allez», dit-elle, et son visage s'éclaire. Je n'aurai pas besoin de cet argent pendant longtemps et d'ailleurs, je n'aurais pas le culot de mettre un soutien-gorge toute seule. Si tu ne l'achètes pas, moi non plus, et j'en ai drôlement envie.»

Elle inverse les choses comme si c'était moi qui lui faisais une faveur, alors je dis d'accord, elle trouve ça super et on s'habille. Je lui donne mes deux dollars et vingt-cinq cents et elle paye les deux soutiens-gorge.

«On va chez moi, et on les met», dit Jane. Et avant que j'ai pu dire oui, elle me traîne de la huitième rue vers la sixième avenue. Je suis si excitée par le soutien-gorge, que j'ai oublié le vélo, jusqu'au moment où je vois un gosse descendre la rue sur un vélo. Je recommence à y penser et à m'inquiéter, et de nouveau, c'est l'angoisse. Je devrais peut-être retourner au parc et continuer à chercher, sauf que maintenant je dois aller avec Jane parce qu'elle m'a prêté de l'argent, alors je ne peux plus changer d'avis.

«J'ai un monceau de sœurs et seulement un frère», dit Jane, comme nous arrivons près de chez elle.

«Moi j'ai un frère plus vieux et une sœur. Et ils sont tous les deux monstrueux», dis-je.

Elle me raconte qu'elle aussi, elle est le bébé de la famille, qu'elle a trois sœurs et que son frère Charles a un an de plus que l'affreux Neddy. On passe le coin, vers la neuvième rue ouest. C'est l'un des plus jolis groupes d'immeubles de Greenwhich Village, avec beaucoup d'arbres tout autour et de belles maisons de pierre de taille.

«Tu ne trouves pas que c'est atroce d'être la plus jeune?» je demande à Jane. «Je déteste la façon dont tout le monde me harcèle tout le temps.»

«Moi, je ne trouve pas cela si désagréable», dit Jane. «Là-haut, c'est chez moi, l'appartement aux géraniums. » C'est très beau, mais les frères et sœurs m'intéressent plus.

« Ils ne sont pas tout le temps en train de te bousculer ? » je demande.

« Ah oui. Ils essaient. Mais je ne me laisse pas faire et parfois ils me bousculent quand même. Ils s'y mettent tous ensemble certains jours. »

« Chez moi, c'est tout le temps. »

« Comment ça se fait ? »

« Peut-être parce que je suis la plus petite et que je ne peux pas me défendre. »

« Tu veux dire qu'ils te battent ? » Jane a l'air complètement horrifiée.

« Non, pas du tout », je réponds, comme nous remontons vers l'entrée. « Ils me taquinent et me provoquent tout le temps et... »

« Mais comment se fait-il que tu ne répondes pas ? »

« Comment pourrais-je ? Ils sont tellement plus grands que moi. »

« Qu'est-ce que ça peut faire leur taille, si tu n'es pas obligée de boxer ? »

« Je ne sais pas, mais cela fait une différence. Ils sont beaucoup plus grands et plus intelligents et je ne peux jamais gagner contre eux. »

« Tu sais, Ari, je ne me sens pas petite, de cette façon-là. Je veux dire que je ne suis pas le genre de personne qui croit tout le temps qu'elle va perdre. En fait, je démarre plutôt avec l'idée que je vais gagner. Et je gagne presque toujours. » Elle fouille dans ses poches de jean pour trouver ses clés.

«Mon frère et ma sœur sont peut-être plus méchants que les tiens», dis-je.

«Tu plaisantes! Personne ne pourrait être plus horrible que mon frère Charles. Sauf que ces derniers temps il ne s'occupe plus beaucoup de moi. Et même Regina – elle n'a que treize mois de plus que moi et je partage ma chambre avec elle – elle ne m'emmerde presque plus. Elle préfère emmerder ma sœur ainée, Beverly. D'ailleurs s'ils m'embêtent, je pense que c'est parce qu'ils sont jaloux.»

«Pourquoi?»

«Parce que je suis la plus jeune», dit-elle et elle a vraiment l'air étonnée que je ne le sache pas. Pourquoi seraient-ils jaloux parce qu'elle est la plus petite quand c'est vraiment la pire des situations? Je le lui demande.

«D'abord», dit-elle, «être le plus jeune, c'est très spécial, ce n'est donné qu'à une seule personne, et cette personne c'est moi.»

Elle a vraiment l'air fier comme si elle venait de gagner un concours ou un truc du genre.

«Et aussi, il y a tout ce qu'on reçoit», continue-t-elle.

Elle trouve ses clés et ouvre la porte d'entrée. Nous nous trouvons dans un petit vestibule impeccable.

«Tu veux dire les héritages?» Je n'en crois pas mes oreilles.

«Parfaitement. Au bout du compte, j'hérite des vêtements de tout le monde, plus toutes mes propres affaires. J'ai plus de choses que n'importe qui dans la famille. Et toi?» demande-t-elle en ouvrant une autre porte qui débouche sur un hall somptueux avec un tapis rouge sombre et un escalier laqué blanc qui monte à l'étage.

«Oui, moi aussi, bien sûr», dis-je, «j'ai les vieilles choses de Liz et de Neddy et mes affaires à moi. Il faut croire que j'en ai plus que les autres.» C'est drôle je n'avais jamais pensé aux héritages de cette façon.

«C'est pour cela qu'ils sont tous jaloux.»

Il va falloir que je réfléchisse à la question parce que je ne suis certainement pas aussi heureuse que Jane d'être un bébé. Mais avec elle tout devient tellement chouette.

La famille de Jane vit aux deux premiers étages de l'immeuble en pierre de taille. Lorsque nous montons les escaliers et que nous arrivons dans l'appartement, sa sœur Régina, celle qui partage sa chambre, est à la maison, avec son autre sœur Jackie, qui doit avoir à peu près le même âge que Liz.

Jane me présente et toutes les deux grognent une espèce de salut et c'est tout. Elles ne sont pas plus aimables que Liz. Je veux dire qu'elle ne dirait pas bonjour à la plupart de mes amies, sauf à celles qui ont des frères plus âgés. Là alors, elle devient toute blanche colombe. Elle fait comme si elle les aimait mieux que moi, ce qui n'est de toute façon pas le bout du monde.

Jane m'entraîne dans la cuisine où sa mère prépare une pâte pour une tarte aux pommes. Elle me présente.

«Maman, voici Ari. Ma nouvelle amie.»

Vous voyez ? Elle m'aime. Pas comme avec Rhona, où c'est moi qui donne tout l'amour. Là, c'est bien mieux.

Je fais à sa mère un sourire particulièrement engageant. Je tends la main et je dis : « Bonjour, enchantée de vous connaître. » On est censé dire cela quand on rencontre quelqu'un pour la première fois. D'habitude je ne le dis pas, mais cette fois-ci je veux faire bonne impression.

« Enchantée moi aussi, Ari. » Mme Richardson me serre la main. « Oh ! » dit-elle, « excuse-moi. » Et nous nous mettons à rire toutes les trois parce que maintenant ma main est pleine de farine.

« Maman, est-ce que je peux montrer à Ari comment je fais la pâte avec le robot magique ? »

« Absolument », dit Mme Richardson, montrant l'évier, « mais tu te laves les mains d'abord, mon chou. »

Qu'est-ce que je vous disais ? Elle a vraiment l'air d'un chou.

Jane se lave les mains et commence à entasser les ingrédients dans le robot. Elle se tourne vers moi et me sourit. « Tu as déjà fait de la pâte avec ce genre d'instrument ? »

« Non », dis-je.

« Attends, tu vas voir. C'est magique. »

Elle ne regarde même pas une seule fois la recette et quand tout est dedans, elle met le couvercle, donne une pichenette à l'interrupteur et recule pour mieux voir. Comme de la magie. D'abord ça se met à tourbillonner comme si l'appareil ne travaillait pas du tout. Puis les œufs, la farine et toute la mixture se collent d'un côté et quand on a l'impression que cela va s'éparpiller, cela fait un drôle de bruit et la pâte forme une balle qui grossit et qui s'arrondit à chaque tour. Jane fait un grand pas en avant pour atteindre l'interrupteur et le fermer. Elle soulève le couvercle et sort une boule de pâte parfaite.

« Tralala. »

J'applaudis. C'est fabuleux.

Jane donne la pâte à Mme Richardson qui l'enveloppe dans du plastique et la case dans le réfrigérateur. « Alors, les filles, qu'est-ce que vous avez fait ce matin ? »

« On a fait des courses », dit Jane.

« Ah ? »

« Des soutiens-gorge », j'ajoute.

L'espace d'une seconde, elle se tait. Puis elle dit : « Vous en avez acheté ? »

Nous faisons oui de la tête et elle demande si elle peut voir ce que nous avons acheté.

« Viens Ari. » Jane me pousse le bras. « Allez, on les essaye pour ma mère. »

« D'accord. » Et je la suis de la cuisine à sa chambre.

La chambre de Jane ressemble à la mienne à part les murs, le tapis, les rideaux, le couvre-lit qui sont tous bleu pâle. Pas le rouge laid ni le jaune de chez moi. On a toutes les deux des posters, mais moi j'ai Kiss et elle a les Rolling Stones, et un panneau de liège pour les papiers importants. Elle a des lits superposés comme moi, mais le mien c'est pour les invités. Mais comme elle partage sa chambre avec sa sœur, elle a vraiment besoin de ce lit. Je devine immédiatement lequel est le sien. Le lit du haut est beaucoup plus joli. Il est tout arrangé pour avoir l'air indien. Celui de Jane doit donc être celui du dessous parce que comme je dis toujours, le dernier enfant a ce qui reste.

«Tu dors en bas, non?» je lui demande, mais c'est inutile car je sais déjà.

«Non», elle hoche négativement la tête. «J'ai la banquette du haut.»

«Comment tu t'es débrouillée?» je lui demande. Je suis très étonnée.

Jane sourit. «Regina s'est jetée sur la banquette du bas d'abord.»

«Mais celle du haut est tellement mieux», dis-je. «Comment a-t-elle pu te la laisser?»

«Elle n'avait sûrement pas cette allure quand nous avons choisi. Il était tout bête ce lit. Mais j'ai ajouté ça. Et maintenant elle m'embête tout le temps pour que je la laisse dormir dedans. Alors on a fait un accord. Je lui laisse le haut à la fin du mois.»

«Je détesterais abandonner ce lit fabuleux.»

«Moi, ça m'est égal, parce que j'ai envie de celui du bas. Et en plus j'ai une idée géniale pour en faire une espèce de tente. Regina va en être super-jalouse quand elle le verra!»

«Je te parie tout ce que tu veux», dis-je et j'en suis absolument sûre parce que c'est une grande idée. Moi, je n'y aurais jamais pensé. Non pas que je n'en sois pas capable, je suis une artiste et j'aime créer. Mais je n'y aurais certainement pas pensé parce que j'aurais été tellement déçue et malheureuse d'avoir eu le lit du haut au départ que je serais certainement encore occupée à me lamenter.

Je vois bien que Jane me ressemble beaucoup par certains côtés. Mais il y a quelque chose de très différent (en bien, pas en mal) chez elle. C'est son attitude avec les lits, ou ses rapports avec sa famille. C'est juste qu'elle n'a pas l'air aussi malheureux que moi. Je ne sais pas comment cela se fait. Avec toutes ces sœurs, et un frère en plus, je haïrais tout, ici, exactement comme chez moi.

On met nos nouveaux soutiens-gorge. Pas l'une devant l'autre, bien sûr. Sur ce plan-là, elle est tout à fait comme moi. Puis, nous tournons sur nous-mêmes devant le miroir pour nous voir sous tous les angles. Je trouve que cela fait un tee-shirt terrible. Toutes les deux, nous adorons.

«Viens, on va montrer à ma mère», dit Jane et nous descendons à la cuisine. En allant vers la salle à manger, on doit passer devant Jackie et elle hurle: «Je rêve! Regina! Viens voir ça!»

C'est exactement ce que ferait Liz. Elle serait vraiment très méchante. Et puis elle se moquerait de moi, elle rigolerait et me rendrait tellement mal à l'aise que je me mettrais à pleurer. Puis ma mère dirait un truc du style: «Je t'ai demandé de ne pas te moquer d'Ari.» Liz aurait l'air d'arrêter en continuant à faire des grimaces derrière le dos de maman et moi je continuerais à pleurer et finalement ça ferait des histoires.

Mais ce n'est pas le cas chez Jane. C'est ce que je veux dire. Jane est différente. Elle affronte sa sœur aînée. «Tu as presque seize ans et tu n'en as pas moitié autant», dit-elle à Jackie d'une façon vraiment dégueulasse. Elle me pousse du bras et lance: «Planche à repasser!» Et elle meurt de rire. Et moi aussi.

Le plus drôle, c'est que sa sœur, très vexée, finit par répliquer des choses comme: «Tu ne sais pas toute la poitrine que j'ai.» Et: «Tu pourrais la fermer devant des étrangers.» Ou: «Moi, je vais le dire à maman.»

Jane répond en sortant sa poitrine au maximum et nous traversons fièrement la salle à manger. A présent ses sœurs ont fini de rigoler et la plus âgée veut savoir combien on les a payés et si elle peut en essayer un.

«Tu peux toujours courir», aboie Jane, et nous nous éloignons en vitesse.

Les sœurs de Jane ressemblent toutes les deux beaucoup à Liz. On voit bien qu'elles se prennent pour des super-nanas, surtout Jackie qui est très jolie. Elle est entièrement habillée en *quarante* avec du rouge à lèvres rouge et les cheveux tirés en arrière d'un seul côté, genre mannequin. Regina n'est pas aussi mignonne et elle est même plus maigre que moi. Elles ont les mêmes cheveux noirs et le même air insatisfait. Liz a aussi cette expression quand elle me dit que je ne peux ni toucher, ni emprunter aucune de ses affaires.

On n'est pas sitôt sorties de la pièce que Jane dit qu'elle ne peut pas supporter la façon dont ses sœurs l'embêtent.

Mais devant elles, elle ne laisse jamais paraître la moindre contrariété. Je suis persuadée qu'elles ne s'en sont même pas rendu compte. Moi-même, je ne me suis rendu compte de rien. Il faut que j'essaie de me souvenir comment elle a réussi cela. Peut-être pourrais-je essayer sur Liz.

Mme Richardson a fini d'étaler la pâte et elle épluche

les pommes dans le moule à tarte. Si j'en crois l'expression de son visage, elle n'est pas folle de nos nouveaux soutiens-gorge.

«Les filles», dit-elle, et je sens que ce qui s'annonce n'est pas très gai, «comment vous dire...»

Oh, la vache, et moi qui croyais que c'était si beau.

«...ils vous vont bien, c'est certain, mais ça ne fait pas naturel du tout.»

«Tu veux dire que ça fait rembourré?» demande Jane.

«On voit que c'est acheté.»

«On voit que ça n'a pas poussé?»

«Certainement pas *poussé.* Un développement pareil chez des filles de votre âge serait tout à fait extraordinaire et d'ailleurs, la forme est un peu trop... contrainte.»

«Qu'est-ce que tu veux dire, maman?»

A cet instant, un garçon entre dans la cuisine. Il a dans les quatorze ans, il est grand et maigre comme un échalas. Il est en costume de jogging et un bandeau-éponge lui ceint la tête.

«Elle veut seulement dire que vous avez l'air d'être des lance-torpilles», dit-il. Et il fait des bruits d'explosion qui le font éclater de rire. Exactement comme Neddy. C'est sûrement son frère Charles.

«Maman», dit Jane, «Charles embarrasse Ari.»

«S'il te plaît, Charles», dit Mme Richardson, «nous avons une invitée.» Elle fait les présentations. Il pousse un grognement, regarde ma poitrine et roule des yeux. Je me dis tout d'un coup que ce soutien-gorge est une mauvaise idée et j'aimerais pouvoir m'échapper de cette cuisine. J'abaisse les yeux sur ma poitrine. Les horribles trucs sont gigantesques et quand je regarde ceux de Jane, ils sont encore pires. J'ai l'impression qu'ils ont encore grandi. Elle a plus de poitrine que sa mère.

« Ça va, Charles, arrête ton cirque », dit Mme Richardson. « Prends un verre de jus de fruit et du balai. »

Il ingurgite son jus sans cesser de rouler des yeux et il étouffe un rire, ce que je trouve atroce. Il est encore pire que Neddy. Je ne crois pas que Neddy fasse jamais ça devant un invité. Pas devant ma mère, en tout cas. Si c'était mon frère, je serais déjà en train de pleurer. Mais Jane est là, les mains sur les hanches et elle le toise comme s'il était un pauvre simplet.

Elle ne dit pas un mot. Au bout d'un moment je vois bien qu'il s'énerve, finalement il hausse les épaules et sort de la pièce. J'ai l'impression que Jane a gagné la bataille sans même avoir l'air de faire un effort. Je voudrais bien réagir comme elle quand Neddy me taquine. Je vais essayer de me souvenir de sa façon de faire.

« Je ne pense pas que la dame nous laissera rendre les soutiens-gorge, Maman », dit Jane.

« Vous les avez achetés à la boutique de lingerie de la 8e rue, près de la 6e avenue ? » demande sa mère.

« Celle qui a la marquise rouge et blanc », dit Jane.

« C'est celle-là. J'y ai acheté un collant, la semaine dernière, et j'ai vu une combinaison que j'aime. Je peux peut-être rendre les soutiens-gorge et utiliser l'avoir pour ma combinaison. »

« Qu'en penses-tu, Ari ? » me demande Jane.

«Ce serait fantastique», dis-je.
«Je déteste aussi le mien», dit Jane.
«C'est d'accord, les filles. Ne vous inquiétez pas. Enlevez-les tout de suite et pliez-les joliment en les remettant dans leurs boîtes. Je suis sûre que je récupérerai votre argent. Je cours les rapporter dès que j'ai fini la tarte. Vous avez faim, les filles?»
«Un peu», dit Jane. «Et toi, Ari?»
Je n'ai pas encore eu faim depuis le vol de la bicyclette. Je crois que cela m'a fait complètement oublier la nourriture. Mais maintenant que j'y pense, je meurs de faim, alors je dis: «Ouais, je mangerais bien quelque chose.» Et sa mère dit que si nous voulons, elle nous fait des sandwichs au beurre de cacao.

Nous retirons nos soutiens-gorge et nous les emballons au mieux. Heureusement que nous n'avions pas encore enlevé l'étiquette. Lorsque nous redescendons à la cuisine, les sandwichs sont prêts.
«Mettez bien vos assiettes dans l'évier, s'il vous plaît», dit sa mère. «Je m'occupe de votre affaire tout de suite. Je suis contente d'avoir fait ta connaissance, Ari. J'espère qu'on te reverra bientôt.»
Elle prend les sacs des soutiens-gorge et sort de la cuisine. A la minute où la porte d'entrée se referme, Regina entre dans la cuisine. Je sais que quelque chose se prépare, à la façon dont elle sourit.
Elle s'adresse à Jane: «Maman t'a fait rendre le soutien-gorge?»
«Ça ne te regarde pas», répond Jane sans la regarder, ce qui semble contrarier Regina.

«Alors, qui c'est la planche à repasser?» se moque-t-elle.

«Nous trois», répond Jane, «sauf que nous, on n'a que onze ans. Et toi quel âge as-tu?»

Je ne pige pas comment Jane leur répond du tac au tac. J'adorerais faire comme elle, mais je sais que je ne pourrais pas. Ils me feraient pleurer d'abord.

«Et débrouille-toi pour ne laisser aucune assiette dans l'évier ou je le dis à maman», dit Regina en colère. «Je te jure que tu es une petite mal élevée.» Elle part la tête rejetée en arrière.

Vous voyez bien. Jane a encore gagné en mettant sa sœur en colère. C'est vraiment quelque chose. J'ai du mal à réaliser qu'elle n'a que mon âge à la façon dont elle domine tout le monde.

Lorsque nous avons terminé le beurre de cacao, je dis à Jane que je dois rentrer à la maison parce que je n'ai pas prévenu que je serais partie si longtemps. Et mes parents pourraient s'inquiéter. Ils s'inquiètent facilement, j'ajoute.

«Tu es prise cet après-midi?» demande-t-elle et je réponds que non, alors elle dit que peut-être nous pourrions faire quelque chose ensemble. Je suis ravie de l'idée, alors je lui demande si elle veut venir chez moi juste pour montrer notre nez, et ensuite nous pourrions faire tout ce qu'elle voudrait.

«Terrible», dit-elle. «Je laisse un mot à ma mère. Mais il vaudrait mieux que je mette ton numéro de téléphone, au cas où.»

Moi aussi, il faut toujours que je laisse mon numéro.

Sa mère doit être comme la mienne sur ce plan. Je vous ai déjà dit qu'on se ressemblait sur pas mal de points, Jane et moi, en dehors du fait qu'elle voit tout du bon côté. J'aimerais bien savoir comment elle fait.

Lorsque nous arrivons chez moi, mes parents ne sont toujours pas rentrés. Liz et Eddie sont dans la cuisine, ils boivent du thé glacé. Liz me dit que papa a appelé, qu'ils déjeunent chez les Sabatino et qu'après, ils iront jouer au tennis avec eux, alors ils ne seront pas rentrés avant quatre heures.

Tant mieux car je redoute le moment où je vais devoir mentir au sujet du vélo. Je n'ai jamais pu mentir correctement à mes parents. Je sais qu'ils sauront. Je le sais, c'est tout.

Je présente Jane à Eddie. Eddie sourit, dit bonjour et ne se lève même pas pour serrer la main de Jane. Liz grogne un salut sans lever les yeux de ses ongles. Elle se les vernit pour la cinquième fois peut-être de la journée. Une fois, j'ai compté tous ses vernis à ongles. Elle en avait quarante-six bouteilles. Mon père dit que si elle consacrait la moitié du temps qu'elle passe sur ses ongles à son travail de classe, elle serait déjà chirurgien du cerveau. Naturellement jamais elle ne me prête le moindre flacon de vernis.

Eddie est très sympa et très gentil, mais évidemment ce n'est pas mon frère. Mon frère est un imbécile. La seule chose qu'il pense à dire lorsque je lui présente Jane, c'est qu'elle n'a pas le droit d'entrer dans sa chambre, comme si un être humain digne de ce nom voulait entrer dans cet endroit dégoûtant. Ce qui ne pourrait s'imaginer que si la maison tout entière était en feu, ou quelque chose du même style.

Il se met à me taquiner et il fait semblant de me flanquer un micro devant le nez. «Elle est revenue, Mesdames et Messieurs, la grande enquêteuse, la brillante et merveilleuse Ari Jacobs.»

«Allez, Neddy, laisse-moi tranquille.»

Mais il n'y a plus moyen de l'arrêter. Au contraire, il nous sert son plus beau numéro nazi.

«Dum Kopf! Fous be dites que fous n'affez pas trouffé la biciglette?»

«Neddy, je te jure que je vais le dire.»

Approchant son visage tout près du mien, il me jette un regard d'acier. «Qu'affez-vous fait avec la biciglette?

«Neddyyyy...»

«Où est la biciglette?»

Il est si méchant. Il ne cessera pas tant qu'il n'aura pas réussi à me faire pleurer. Je sais bien que Jane m'observe et je sais que si elle était à ma place, elle transformerait complètement les choses, mais moi je n'y arrive pas, c'est tout. Je sens les larmes monter et je ne peux rien faire pour l'arrêter, et ce qui empire encore la situation, c'est que je vais me mettre à pleurer devant ma nouvelle amie.

«Ne m'avais-tu pas dit que tu avais un frère plus âgé?» me demande Jane soudain. «Un frère d'environ quatorze ans?»

«C'est lui», et je suis si étonnée qu'elle me pose cette question bizarre, que les larmes refluent.

«Il a quatorze ans ?» demande-t-elle comme si j'étais folle.

Tout à coup Neddy se sent concerné et il demande : «Qu'est-ce que tu croyais ?»

«Laisse tomber», dit Jane. Mais bien sûr maintenant ce n'est plus possible.

«Tu t'imaginais que j'avais à peu près... seize ans, hein ?» demande-t-il. Et il exulte littéralement. C'est bizarre. Je ne sais pas, mais comme je connais un peu mieux Jane, je dirais qu'elle est en train de manigancer quelque chose.

«Tu rigoles !» Et elle glousse.

Oh, nom de... je comprends ce qu'elle est en train de faire.

«Qu'y a-t-il de si drôle ?» lui demande Neddy.

Maintenant, Jane a du mal à parler parce qu'elle est dans tous ses états.

«Seize ans, tu rigoles ; je croyais que tu en avais douze. Je te demande pardon, mais tu es si petit que j'ai juste pensé...»

Neddy fait une tête de quelqu'un qu'on a frappé avec un poisson pourri.

«Qu'est-ce que tu dis ? J'ai quatorze ans. J'ai eu mes quatorze ans il y a deux mois. Dis-lui à ton imbécile de copine, Ari. Dis-lui que j'ai quatorze ans.»

Maintenant je crois que je comprends comment ça fonctionne.

«S'il a envie de dire qu'il a quatorze ans, moi ça m'est égal», dis-je en regardant Jane droit dans les yeux.

«Qu'est-ce que tu veux dire, que ça t'est égal ? Tu es

timbrée ? Tu sais bien que j'ai quatorze ans. Dis-le lui ! »

Je me contente de hausser les épaules. C'est stupéfiant, parce que je ne fais rien de plus ; et il se met tellement en colère qu'il me hurle d'aller me faire foutre et il sort de la pièce comme un ouragan.

Je n'arrive pas à le croire. C'est la première fois de ma vie que je gagne la partie contre Neddy. C'est un fait, j'ai gagné. Et je n'ai même pas pleuré. Presque pas. Maintenant, je fais un large sourire à Jane et je la remercie. Elle me répond que ce n'est rien du tout, qu'elle fait cela tout le temps. Je crois que c'est la fille la plus extraordinaire que je connaisse.

Elle est même mieux que Rhona, parce que, en plus, je crois qu'elle m'aime.

« Hé, Ari », demande Jane, « qu'est-ce que c'est que toute cette histoire au sujet d'une bicyclette ? »

Avant que je ne puisse répondre, quelqu'un sonne à l'interphone de l'entrée et Liz hurle qu'il vaudrait mieux répondre. Elle, jamais elle ne se lève pour quoi que ce soit. Un de ces jours elle aura oublié comment on met un pied devant l'autre. Neddy est toujours aussi furieux, alors il crie pour que « face de crapaud » (c'est moi) réponde. Je prends l'interphone.

« Oui ? »

« Mme Jacobs ? » C'est Frank, le portier.

« Non, c'est Ari. »

« Il y a deux policiers qui montent. »

« Ohhh... » Je sais que je pousse un cri de chat écorché. Mais j'ai si peur que je ne retrouve pas ma voix normale.

Je le savais.

Ils ont tout découvert.

Ils viennent pour m'arrêter. Je savais que cela allait arriver. J'ai le front moite et les genoux en caoutchouc. Je dois me tenir au mur pour rester debout.

«Dois-je vous les envoyer?»

«Oui.» Le son qui sort de ma bouche se termine par un sifflement.

«Que dites-vous?»

«J'ai dit d'accord.»

Je me retourne et m'appuie contre le mur. Tout d'un coup je ressens le plus violent mal de crâne de ma vie et je voudrais que maman soit là, tellement j'ai peur.

«Qu'est-ce qui se passe?» demande Jane. Et elle pose les mains sur mes épaules comme si elle m'aidait à tenir debout. Elle me demande si je suis malade, mais tout ce que j'arrive à faire, c'est hocher négativement la tête.

«Veux-tu que j'appelle ta sœur?» Je secoue vigoureusement la tête et je tape du pied. «Non, non, ça va très bien.»

«Qui était-ce?» demande Jane. Je vois bien qu'elle est perplexe.

«La police. Ils montent ici pour la bicyclette volée.»

«Quelqu'un t'a volé ta bicyclette? Oh, c'est dommage. Je ne savais pas.»

«Ce n'est pas la mienne, c'est celle de Liz.»

«Ce n'est pas la tienne?» Jane a l'air surpris. «J'aurais pourtant cru à voir l'effet que cela te fait – je veux dire, tu as l'air si catastrophée.»

«C'est vrai. D'une certaine manière. C'est surtout

parce que ce genre de choses ne nous est jamais encore arrivé. Je veux dire, la police et tout.»

Ensuite, je lui raconte l'histoire. Pas la vraie, l'histoire inventée des voleurs qui ont pris le vélo dans la cave.

Je suis navrée de mentir à ma meilleure amie mais il le faut parce qu'elle me détesterait sûrement si elle savait ce que j'ai fait.

La police met une éternité à monter. Pendant ce temps, je fais tout ce que je peux pour me retenir de pleurer. A présent, Neddy, Liz et Eddie attendent tous à la porte d'entrée. Même Jane est en haut avec eux. Je reste seule dans le hall. Mais je sais que cela ne changera rien parce qu'ils vont entrer directement ici et m'arrêter de toute façon. J'espère qu'ils ne me mettront pas les menottes parce que tous les voisins me verraient. Peut-être ne le feront-ils pas si je jure que je ne m'enfuirai pas. Mais peut-être sont-ils obligés, que c'est la règle. Si je mettais mon poncho, cela cacherait les menottes. Mais tout le monde se demanderait pourquoi je porte un gros poncho alors qu'il fait si chaud dehors. Ils penseraient sûrement que c'est pour cacher les menottes. Je sais que c'est ce que je penserais moi, pour quelqu'un d'autre. J'aimerais tellement que ce soit quelqu'un d'autre. N'importe qui...

La police n'a pas le temps de sonner. Au moment où elle entend la porte de l'ascenseur, Liz ouvre tout grand la porte d'entrée.

Ce sont les mêmes policiers que la première fois. Fitzroy, le flic aux joues roses, et le méchant coléreux, rouge avec le gros ventre plein de bière. Je ne sais pas pourquoi il a l'air si en colère. Ce n'est pourtant pas sa bicyclette à lui.

Fitzroy, le flic plus gentil, demande: «Personne d'autre à la maison?»

«Non», dit Liz.

Je sais qu'ils me cherchent, alors, je fais tout de suite un pas en arrière dans l'ombre du hall où ils ne peuvent me voir. Au fond de moi, j'ai surtout envie de me cacher dans le placard, sous l'évier. C'est là que je vais quand on joue à cache-cache, et on ne me trouve presque jamais. La plupart du temps, le jeu s'arrête et je suis toujours sous l'évier. Alors, je me dis que si je me cache là, les policiers penseront que je suis sortie et ils repartiront.

«Où est l'autre petite gosse?» demande le méchant policier en regardant tout autour de lui.

Si je veux atteindre la cuisine, c'est maintenant qu'il faut courir, mais je ne peux pas. C'est comme si j'étais collée au sol. Et ça y est, je pleure.

«Ari, viens ici», dit Liz comme si elle était vraiment contrariée. Ma propre sœur va me dénoncer. Je n'aurais pas cru qu'elle me haïssait à ce point.

Maintenant, ils ont tous les yeux fixés sur moi et il est trop tard pour faire quoi que ce soit; alors je me dirige tout droit vers eux les mains tendues pour les menottes. Je ne veux pas augmenter leur colère.

«Arrête tes clowneries, petite», me dit Fitzroy, puis il se tourne vers Jane. «Qui es-tu toi?»

«C'est ma copine», dis-je, espérant que ma voix ne coasse pas comme celle d'une grenouille.

Il la dévisage une seconde, puis demande à Liz: «Et tes parents, quand est-ce qu'ils reviennent?»

«Pas avant trois heures», dit Liz. «Vous avez découvert quelque chose sur la bicyclette?»

«Oui, un ou deux détails.»

«Formidable!» dit-elle, tout excitée. «Que s'est-il passé? Où est-elle?»

«Pas si vite. Nous avons d'autres questions à vous poser.»

«Vous ne l'avez pas encore trouvée?» demande Liz. Et elle a l'air si déçue que même moi j'ai pitié d'elle.

«Pas encore mais nous avons notre petite idée selon laquelle le voleur n'a pas eu besoin de forcer le cadenas.»

«Mais la chaîne était cassée...» Liz a l'air toute perdue.

«C'est une vieille chaîne et elle a été cassée il y a très longtemps», dit le sergent Jones. «A mon avis, le voleur a mis ce morceau de chaîne précisément là pour nous éloigner de sa piste.»

A présent les deux flics fixent Eddie.

Je savais qu'ils trouveraient. Ils essaient de me manipuler pour me faire avouer en me faisant croire qu'ils pensent qu'Eddie sait tout. Je vais avouer de toute façon, j'y suis obligée, parce que je ne supporte pas cette impression horrible. C'est affreux d'être un malfaiteur. C'est la pire chose au monde.

«Sergent?» Je me glisse devant Neddy et je tire la manche du policier le plus gentil.

«Une minute, petite», dit-il sans même me regarder. «Celui qui a pris la bicyclette connaissait la combinaison.»

« Ce n'est pas possible », dit Liz, « personne d'autre que nous ne connaît la combinaison. »

« Très juste. » C'est Jones, le méchant, et il continue à fixer Eddie qui est si mal à l'aise qu'il se met à transpirer. Je vois bien ses cheveux qui lui collent au front. Exactement comme les miens.

« Et votre petit ami, là ? Il connaît aussi la combinaison, n'est-ce pas ? »

« Bien sûr », dit Liz. Elle est vraiment fâchée parce qu'elle est toujours très sensible quand il s'agit d'Eddie.

« Qui d'autre ? »

« Je ne sais pas, ma famille sans doute. »

« Moi, je ne connais aucune combinaison », dit Jane très vite. Elle a l'air un peu nerveux aussi. Les policiers vous culpabilisent même quand vous n'avez rien à vous reprocher.

« C'est vrai, elle ne pouvait pas la connaître. »

« Elle vient souvent ici ? » demande Jones.

« Il ne manquerait plus que cela », dit Neddy.

Et Jane lui demande : « Qu'est-ce que c'est censé vouloir dire ? » C'est vraiment quelque chose, cette fille. Elle n'a peur de personne.

Je pense qu'il est temps que je parle : « C'est la première fois de sa vie qu'elle vient chez moi. » Il faut défendre ses amis. Même si vous êtes un malfaiteur.

« D'accord, d'accord », dit Jones. « On veut parler au petit Gonzales, là. »

« De quoi ? »

Eddie n'aime pas la tournure que prennent les choses. Mais je ne comprends pas pourquoi ils font comme s'ils étaient tellement intéressés par lui; alors que c'est moi qu'ils veulent.

«Dis-moi encore où tu étais ce matin.»

«A la répétition de mon orchestre, je vous l'ai dit», répond Eddie. «Ensuite, je suis retourné chez moi puis revenu ici. Je ne suis allé nulle part ailleurs.»

«Avec qui étais-tu à la répétition?»

«Avec moi», dit Liz, «et ensuite il a été obligé de rentrer chez lui parce que son anche a cassé.»

«Qu'est-ce qui a cassé?»

«Mon anche», dit Eddie. «Je joue du hautbois et je suis rentré chez moi parce que je pensais avoir une deuxième anche à la maison.»

«A quelle heure as-tu quitté la répétition?»

«Je ne sais pas.» Eddie hausse les épaules et regarde Liz. La sueur perle sur son front. Et moi je commence à avoir vraiment pitié de lui.

«C'était tout au début de la répétition», dit Liz. «Un peu après neuf heures – je ne sais pas, peut-être aux environs de neuf heures dix?»

«Ouais. A peu près à cette heure-là», dit Eddie. Et il a l'air mécontent. Ou peut-être un peu effrayé.

«C'est à ce moment-là que tu es parti?»

«Je vous ai dit que j'étais rentré chez moi pour chercher une anche.»

«A neuf heures dix?»

«Oui, à neuf heures dix. Où est le problème?»

J'écoute avec une telle concentration que j'oublie que les policiers font tout cela pour me piéger. Mais maintenant, je crois m'être trompée. Peut-être ne me veulent-ils pas du tout. Et ils pensent qu'Eddie est coupable. Ce serait horrible qu'ils pensent qu'Eddie a volé le vélo. Il faudrait vraiment que je me dénonce, dans ce cas. Pour l'instant ce n'est pas encore trop dramatique. Je veux dire qu'ils n'en sont qu'à essayer de savoir où se trouvait Eddie et lui leur répond. Cela va peut-être finalement s'arranger.

Puis, le sergent Fitzroy, le plus gentil policier, qui n'est en fin de compte *pas si gentil* que ça, demande à Eddie à quelle heure il est retourné à sa répétition. Et Eddie répond qu'il n'y est pas retourné. Le sergent Jones saute là-dessus.

«Tu nous dis que tu es sorti à neuf heures dix et que c'est la dernière fois qu'on t'a vu?»

«Pas du tout», dit Eddie, «je suis rentré à la maison. Mon frère m'y a vu.»

«A quelle heure es-tu arrivé ici?» demande le sergent Fitzroy.

«Je ne sais pas», dit Eddie en pleine confusion.

«Tu ne regardes jamais ta montre?»

«Hein?»

«Laisse tomber. C'était avant midi?»

«Oui, je suppose... Peut-être vers onze heures, onze heures trente...»

«Onze heures trente, je me souviens», intervient Liz. «Qu'est-ce que cela peut faire? Eddie n'a pas volé le vélo, alors quelle différence peut faire l'heure à laquelle il est revenu?»

«Cela fait presque deux heures et demie», dit le méchant flic ne faisant aucune attention à ce qu'a dit Liz.

«Qu'est-ce que tu faisais chez toi, pendant tout ce temps?»

«Rien, j'ai traînassé... Je ne sais pas.»

«Qui d'autre était chez toi, à part ton frère?»

«Je ne sais pas... personne, je suppose.»

«C'est quoi? Je ne sais pas, ou personne?»

Eddie regarde autour de lui comme s'il voulait s'enfuir, mais avec ces deux énormes policiers il ne le peut pas. Finalement, il laisse tomber la tête comme s'il avouait un crime affreux. Et il dit: «Personne, juste mon frère.»

Je déteste ce qu'ils sont en train de faire à Eddie. Et d'ailleurs en quoi le fait que son frère ait été chez lui est-il un tort?

«Je crois que nous devrions peut-être avoir une petite conversation avec ce frère», dit le sergent Jones, et il pousse Eddie vers la porte

«Hé, attendez!» dit Liz en attrapant Eddie par le bras et en le tirant dans la chambre.

«Ouais, attendez!» intervient Neddy en se mettant devant Eddie. «Où l'emmenez-vous?»

Oh, je voudrais que ma maman et mon papa soient à la maison. Ils ne laisseraient pas les choses se passer comme ça. Ça je le sais. Il faut que je fasse quelque chose. Tout est de ma faute. Je ne peux pas les laisser enlever Eddie de cette façon. Il n'a rien fait, et la seule chose qu'ils lui reprochent c'est d'être portoricain. Je sais que beaucoup de gens font un rapport entre les délits et les Portoricains à New York – des gens comme ce vilain policier. Dès le début, il a montré qu'il n'aimait pas Eddie et il s'est même moqué de lui parce qu'on voit très bien qu'il ne fait pas partie de la famille. Je déteste cet affreux policier.

«Ça va, les enfants», dit le policier. «On y va.»

«Attendez! Attendez une minute!» C'est moi, et je leur cours après, droit vers le méchant policier. Je ne supporte pas ce qu'ils font subir à Eddie. «Ce n'est pas sa faute, ce n'est pas lui», je crie.

Tout le monde se retourne et me regarde.

«C'est moi», dis-je en expirant, et très sincèrement, j'ai l'impression que je vais tomber dans les pommes.

10

«Doucement, tu veux, petite?» dit le sergent Fitzroy. «Que veux-tu dire par c'est ma faute? Qu'as-tu fait?»

«C'est moi! J'ai fait voler la bicyclette...» Là ils ont tous les yeux rivés sur moi. Liz plus que les autres.

«Comment?» dit Liz. «Qu'est-ce que tu dis, Ari?»

Tout le monde essaie de m'interroger en même temps et personne ne me donne une chance de parler. Je ne suis même pas sûre de ce que je vais dire. Je n'aurais peut-être pas dû commencer, mais il le fallait.

Il le fallait. Parce que je ne pouvais pas les voir faire ça à Eddie.

«D'accord, d'accord, tout le monde se calme, et on laisse la petite parler», dit le sergent Fitzroy, hurlant pratiquement. Tout le monde devient très silencieux et maintenant, ils attendent tous que je dise quelque chose. Je prends une grande bouffée d'air, et je répète aussi clairement et distinctement que possible:

«C'est moi.»

«Qu'est-ce que tu as fait?» me hurle Liz dans la figure. «Bon Dieu, dis-moi. Qu'est-ce que tu as fait avec mon vélo?»

«J'ai oublié de le verrouiller.»

«Tu as oublié de le verrouiller? Qu'est-ce que tu racontes?»

«La dernière fois que je l'ai emprunté, je n'ai pas refermé les cadenas. Je te demande pardon, vraiment.»

Pendant une seconde, Liz a l'air complètement ahuri. «Jamais... tu ne...» Mais elle s'arrête en plein milieu de sa propre phrase. Sans doute allait-elle dire quelque chose concernant le fait que je n'ai jamais utilisé sa bicyclette de ma vie. Mais non. Elle me regarde durement pendant une minute et dit tout naturellement: «Il faudra que tu fasses plus attention la prochaine fois.»

Si les policiers connaissaient Liz un tant soit peu, ils verraient qu'il y a quelque chose de louche, parce que si elle avait cru que j'avais laissé les cadenas ouverts, elle m'aurait tuée sur place, et sous leurs yeux...

«Soyons parfaitement clairs, petite», dit le sergent Fitzroy. «Quand as-tu utilisé cette bicyclette pour la dernière fois?»

«Hier après-midi. Je l'ai... euh... prise pour faire un tour.»

«Où cela?» demande le méchant flic si rapidement que du coup, je m'étrangle.

«Derrière...»

«Derrière quoi?»

«De l'autre côté, derrière le coin de la rue.»

«C'est vrai», intervient Neddy. «Elle l'a prise pour se balader hier après-midi. Je m'en souviens.»

«Combien de temps es-tu partie?» demande Jones. Son ton indique qu'il ne me croit pas tout à fait.

Neddy et moi répondons ensemble à la même seconde à sa question. Seulement moi, je dis une heure. Et Neddy dit une demi-heure.

Mais Liz nous sauve: «C'est la vérité», dit-elle très vite «Elle a gardé ma bicyclette une heure et demie.»

«Et quand je suis revenue», dis-je rapidement, «je l'ai mise dans le garage. Lorsqu'on l'a volée ensuite, je me suis souvenue que je ne l'avais pas verrouillée mais j'avais peur d'en parler.» Je jette à ma sœur un regard d'agneau. «Je te demande pardon, Liz», lui dis-je, et vraiment je le pense, sauf pas de la manière qu'elle imagine.

«Ce n'est pas grave, ma chérie», dit-elle sans sourire du tout. Mais ses yeux sont fous.

Je ne comprends pas comment les policiers ne sentent pas qu'il y a quelque chose de bizarre. En tout cas, ils ne le savent pas parce que le plus gentil des deux hausse les épaules et dit voilà ce qui se passe quand on laisse un très beau vélo non cadenassé. «Nous n'y pouvons rien dans ce cas», dit-il, «si ce n'est le guetter, au cas où quelqu'un essaierait de le vendre.»

Mais le méchant flic est très en colère. «Vous nous avez fait perdre beaucoup de temps. Vous pourriez avoir de gros ennuis pour avoir occulté des faits comme ça. Souviens-toi, petite, de gros ennuis.»

Il approche un doigt très menaçant de mon visage. Un doigt gigantesque. Et moi je recule un peu, parce que si jamais il me donnait un coup sur le nez ça ferait vraiment mal. Je trouve que les policiers ne devraient pas faire des trucs pareils. En général, ils sont gentils. Dans mon quartier, il y en a qui sont adorables.

Mais celui-ci est méchant, d'autant plus qu'il n'a plus de raisons d'emmener Eddie. Maintenant, je suis sûre qu'il voulait qu'Eddie soit le voleur et il est absolument furieux que je lui aie tout gâché. J'espère qu'ils enverront quelqu'un d'autre pour m'arrêter.

Je me sens mieux, quand même, en regardant Eddie. Je ne dirais pas qu'il a l'air en pleine forme, mais au moins, il ne transpire plus et il a perdu cet air terrifié. Avant, son visage était tout brillant et presque jaune et j'avais l'impression qu'il allait s'évanouir. Mais maintenant, il a l'air de se sentir parfaitement bien.

Les policiers nous demandent de les avertir si nous entendons ou si nous nous souvenons de quoi que ce soit d'autre. Et celui qui est méchant me regarde moi, et moi seule, en disant ces mots. Ils ajoutent que ce n'est pas la peine d'essayer de les joindre pour l'enquête. C'est eux qui se mettront en rapport avec nous s'il y a du neuf.

Tout le monde les remercie et on les pousse gentiment hors de la maison. A l'instant où la porte se referme sur eux, Liz pose son index sur ses lèvres pour que nous nous taisions. Nous attendons la fermeture des portes de l'ascenseur et Liz pousse un hurlement de joie. Et tous se mettent à crier *Youpii! Youpii!* et on commence à sauter dans tous les sens et Liz me prend et me serre tendrement. Elle m'embrasse partout sur la tête et Eddie, Jane et Neddy font de même.

Tout le monde s'accroche à mon dos et crie que je suis vraiment extraordinaire! Fantastique! Sensationnelle! C'est ce qui m'est arrivé de mieux. Comme si j'étais un héros. Liz dit que je suis une héroïne et Eddie déclare que je lui ai pratiquement sauvé la vie, qu'il ne l'oubliera jamais et même Neddy déclare qu'il a du mal à croire que je suis assez intelligente pour avoir fait ce que j'ai fait. Et il se demande comment personne n'y avait pensé.

«C'est la chose la plus sympa et la plus intelligente qu'on ait pu faire», dit Liz en me faisant encore des petits câlins. «Je m'en souviendrai toujours, Ari. A partir de maintenant, tu peux m'emprunter tout ce que tu veux, utiliser ma chambre et n'importe quoi. C'est incroyable ce que tu as fait. Même moi, je m'y suis trompée l'espace d'une seconde, mais je me suis souvenue que c'était évidemment moi la dernière à avoir utilisé la bicyclette et je me souviens parfaitement de l'avoir verrouillée et recouverte et tout. Là, tu as été brillante, Ari, vraiment époustouflante!»

Et elle me colle encore un gros baiser sur le front.

Aussi loin que je remonte dans mes souvenirs, jamais Liz ne m'a câlinée comme cela. Elle m'a embrassée plusieurs fois quand je suis partie quelque part, ou quand maman l'y a obligée, et une fois quand je suis tombée de sa penderie et que je me suis coupé profondément à la jambe. Elle m'avait embrassée et elle m'avait tapoté la tête et tout. Mais c'était surtout, je crois, parce qu'elle était inquiète à l'idée que j'en parle aux parents. Car de toute façon c'était sa faute. Elle m'avait demandé de monter sur la penderie pour que je puisse tenir le haut de son poster de John Travolta. Mais aujourd'hui, c'est parce qu'elle m'aime vraiment. Je le vois bien. Pourtant, en plein milieu de ce bonheur, je pense tout d'un coup à ce qu'ils diraient tous, s'ils savaient la vérité. Ouhhh...

Mais je ne dois pas la dire. Pas encore. Je ne vais pas le faire.

Plus tard, en conduisant Jane pour lui faire visiter ma chambre, elle ne pense qu'à une chose, c'est parler de ce geste que j'ai accompli pour sauver Eddie. Cela commence à me mettre très mal à l'aise, tous ces compliments. Et spécialement d'entendre Jane parce que je l'aime vraiment beaucoup et que je me sens mal comme si je l'avais trompée. Le mensonge, c'est vraiment moche. Je déteste cette impression que cela provoque en moi. Je me sens tout embrouillée et tordue à l'intérieur. Je voudrais pouvoir dire la vérité à Jane et alors peut-être pourrait-elle m'aider. Je sais que ce ne serait pas si affreux si je pouvais juste en parler à quelqu'un comme Jane.

«La vache, Ari, jamais je n'aurais pensé à m'accuser comme cela. Je te le dis. Ils mouraient d'envie d'emmener Eddie, surtout le gros flic salaud.»

La voilà qui recommence. Je ne supporte pas qu'elle me trouve si géniale quand je suis réellement abominable. Elle me haïrait si elle savait la vérité.

«Neddy et Liz allaient probablement faire la même chose», dis-je, «seulement moi, je les ai devancés.»

«Ce n'est pas vrai», réplique-t-elle immédiatement. «On voyait bien que personne d'autre n'y avait pensé. Tu as été la seule, et c'était très courageux de ta part. Je serais morte de peur de faire une chose pareille avec ces affreux policiers.»

Je ne cesse de lui répéter que n'importe qui aurait fait de même, et elle continue à expliquer comme je suis merveilleuse. Plus elle en rajoute, plus je me sens mal.

Quoi qu'il advienne, je dois lui dire la vérité.

«Jane», dis-je, «ce n'est pas ce que tu crois.»

«J'ai bien vu. Tu lui as quasiment sauvé la vie.»

«Mais non, pas du tout.»

«Si.»

«Pas vraiment comme on pourrait croire.»

«Ari, tu fais la modeste, mais ce n'est pas la peine, avec moi. En plus tu devrais être fière de ce que tu as fait. Je le serais à ta place. Et je suis fière d'être ton amie.»

Mon Dieu. Ce que je me sens mal. Je n'en peux plus. Je prends une grande bouffée d'air et je crache le morceau.

«J'ai menti.»

Ça y est, je l'ai dit.

«Comment?» demande Jane.

«A propos de la bicyclette. Que je l'avais prise et tout.»

«Je le sais bien. C'est ça qui est si fort. Je veux dire, que tu l'aies inventé si vite.»

«Tu ne comprends pas. Je ne parle pas de ce mensonge-là. Je veux dire le gros mensonge. La façon dont la bicyclette a été volée en premier lieu.»

«Oh.» C'est tout ce qu'elle dit. Juste «Oh.» Et elle devient toute silencieuse, en attendant la suite.

J'ai peur de lui parler parce que je sais qu'elle ne m'aimera plus du tout. Mais je ressens le besoin de lui dire la vérité, alors je le fais.

Toute la vérité.

Tout en sachant qu'elle ne voudra plus jamais être mon amie, je me sens mieux de pouvoir parler à quelqu'un.

«Oh, la vache», dit-elle enfin. «C'est abominable.»

«Ouais, je sais. J'en mourrai.»

«Qu'est-ce qu'on va faire?»

«On?»

«Oui, on. Maintenant que tu m'en as parlé, je suis dans le coup avec toi et puisque tu es ma copine, mon amie, je dois t'aider.»

«Je pensais que tu allais me détester.»

«Jamais de la vie. Tu m'as tellement fait confiance. Et à deux, peut-être trouverons-nous plus facilement la bicyclette. Quand je perds un truc, mon père me dit toujours que je dois repartir du début, qu'il faut que je reconstitue toute l'histoire. Ce que tu dois faire c'est repartir de zéro et essayer de te souvenir de tout ce qui s'est passé. Si tu as vu quelqu'un, il faut te souvenir de cela aussi.»

Nous revoyons toute l'histoire. Je lui parle du vieux monsieur et des deux garçons qui envoyaient son chapeau en l'air et tout. Alors, elle me demande si quelqu'un d'autre a vu la scène. Je lui parle de Marie-Sac-en-papier et de Wendy. Je ne sais pas s'ils regardaient mais ils devaient regarder parce qu'ils n'ont pas grand-chose d'autre à faire.

«Viens», dit-elle. «Allons voir si nous pouvons trouver Marie-Sac-en-papier.»

10

Nous retournons au petit parc. Il y a plus de monde, maintenant. Presque tous des gens normaux, et quelques pauvres gens de la rue. Nous leur demandons si personne n'a vu Marie-Sac-en-papier et Wendy. Mais la majorité d'entre eux ne répond même pas. La première à qui nous parlons c'est Mme Javel. Une vieille dame qui a toujours un masque de chirurgien. Elle emporte sa bouteille d'eau de Javel partout et avant de s'asseoir sur un banc ou avant de toucher quoi que ce soit, elle le nettoie à la Javel.

Elle nous fait toute une tirade sur les microbes qui vivent sur la tête et dans la bouche de Wendy. Elle nous dit qu'on a bien de la chance si on ne les trouve pas parce qu'on attraperait sûrement le béribéri ou un truc de ce genre.

Jane la remercie très gentiment et nous continuons à chercher. Nous ne demandons même pas au vieux batteur parce qu'il est complètement bizarre. Tout ce qu'il sait faire c'est tambouriner sur le trottoir avec ses baguettes à longueur de journée.

Les gens disent qu'ils sont tous timbrés. Moi, d'une certaine façon, je les aime bien. Ils ont des manies étranges mais c'est plus fort qu'eux et ils ne feraient jamais de mal à une mouche.

On dirait qu'ils sont tous dehors aujourd'hui. Même René-la-patineuse est là et on ne la voit pourtant presque jamais dans la journée. Elle est toujours en habit d'époque, à l'exception de ses patins à roulettes à bottines blanches. Même quand il fait très chaud dehors, elle cache ses mains dans un manchon en raton laveur. Mais le plus étonnant à son propos, c'est qu'elle est réellement un homme. Je ne le savais pas jusqu'à ce que mon père me le dise car elle a complètement l'air d'une femme.

Je lui demande si elle n'a pas vu Marie-Sac-en-papier. Elle me sourit et exécute deux belles figures de huit en patins. Elle profite d'un virage pour me frôler. Elle se penche et me murmure : « Pas aujourd'hui. » Et elle s'en va avant que je ne puisse lui poser une autre question.

Ils sont très étranges, ces pauvres gens de la rue, mais s'ils étaient normaux, j'imagine qu'ils ne seraient sûrement pas là à faire du patin à roulettes ou à jouer de la batterie sur le trottoir.

Nous parcourons tout le parc en interrogeant des tas de gens puis nous allons même jeter un coup d'œil dans certaines rues autour du parc. Nous nous acharnons pendant deux bonnes heures mais sans trouver Marie-Sac-en-papier.

« Désolée, Ari », dit Jane, « mais je ne peux pas continuer aujourd'hui parce qu'il faut que je sois à la maison pour quatre heures. Je dois aider maman pour la fête. » Et elle me dit que lundi c'est son anniversaire et bien que ce ne soit qu'une petite fête, avec sa famille seulement, elle aimerait vraiment que je fasse un saut.

«Je n'en fais pas une affaire d'État», dit-elle, «il y aura simplement un buffet, des glaces et des gâteaux, et tout ce genre de choses. C'est tout. Ils arriveront tous vers deux heures. On n'a qu'une demi-journée d'école lundi. Tu pourrais rentrer avec moi à la maison. Viens, s'il te plaît. J'aimerais vraiment.»

«Il faut que je demande à ma mère», je réponds, «mais je suis sûre qu'elle sera d'accord. Je t'appellerai plus tard, quand je serai à la maison.»

Et Jane me dit à quel point elle est heureuse qu'on soit devenues amies aujourd'hui. Et moi, je réponds que je suis contente aussi et on fait toutes sortes de plans pour dormir l'une chez l'autre et voir des films et tout, pour le mois qui vient.

Ensuite elle rentre chez elle et je me sens toute contente d'avoir trouvé la meilleure amie de ma vie. Si seulement je pouvais parler à Marie-Sac-en-papier, peut-être alors pourrais-je retrouver cette bicyclette et tout serait parfait.

Je m'assois dans le coin du parc où il y a tous les pauvres gens de la rue qui traînassent. Pendant un long moment tout est très calme, il n'y a qu'une ou deux personnes dans le coin. Puis, aux environs de quatre heures et demie d'autres arrivent, et je vois Marie-Sac-en-papier et son chien Wendy qui s'éloignent de l'autre côté du parc. Je me lève et je cours aussi vite que possible vers eux. Je suis tout essoufflée quand je les atteins et j'ai du mal à prononcer ma question.

Entre un souffle et un halètement, je dis: «Wendy, tu te souviens le matin où ces deux garçons taquinaient le vieux monsieur ? Tu te souviens qu'ils voulaient attraper son chapeau et que j'ai essayé de l'aider ?»

«Ça c'est bien vrai, ma chérie», dit Wendy. Mais en fait c'est Marie qui parle. «Ce Bucky et son copain sont vraiment de mauvais garçons. Faire pleurer un vieux monsieur comme cela. C'était très gentil la façon dont tu l'as aidé.»

«Merci, mais je crois que pendant que j'aidais le vieux monsieur, quelqu'un a pris ma bicyclette et ce n'est même pas la mienne. C'est celle de ma sœur et c'est terrible parce qu'elle a appelé la police et il faut absolument que je retrouve ce vélo. As-tu vu les garçons qui l'ont prise ?»

«Ce sont de très mauvais garçons. Je les ai déjà vus, mais tu n'as pas intérêt à avoir affaire à eux. C'est trop dangereux. Laisse la police s'occuper de cela.»

«C'est bien mon intention, mais d'abord, il faut que je leur parle. Il le faut... vraiment. S'il te plaît, pourrais-tu me dire où ils sont ?»

«Je trouve que tu ne devrais pas y aller seule.»

«Je t'en prie, il faut que je sache.»

«Bon, tout ce que je sais, c'est que l'un d'entre eux s'appelle Bucky et je ne sais pas où ils sont aujourd'hui. Quelquefois je les vois flâner du côté de chez Delmonte, la petite cafétéria là-bas, sur la huitième rue, près du marchand de chaussures.»

«Oh, merci, Wendy. Je vois lequel.»

«Tu as intérêt à faire très attention, ma petite chérie, ce sont vraiment des garçons très méchants.»

«Je te le promets, Wendy.»

« Un jour, ils ont essayé de voler les baguettes du vieux batteur. Ils y seraient parvenus si des gens du quartier n'avaient pas appelé la police en voyant ce qui se passait. Ils les ont fait fuir. Mais ils sont méchants. Un point c'est tout. Alors il vaut mieux que tu les évites. »

« Je les éviterai. Mais d'abord, je dois découvrir ce qu'ils savent. » Je remercie Wendy, et Marie aussi, mais elle fait comme si elle ne me connaissait pas, alors je me contente de dire de nouveau au revoir à Wendy. Si seulement Marie-Sac-en-papier ne faisait pas tout ce cirque avec Wendy, tout serait parfaitement normal. Je l'aime vraiment beaucoup. Mais elle est drôlement bizarre.

Je sais où se trouve cette cafétéria parce qu'on y allait tout le temps avec mes parents pour déguster des crèmes aux œufs. C'est une sorte de soda au sirop et au chocolat avec du lait et de l'eau gazeuse pure. Je ne comprends absolument pas pourquoi ils appellent ça des crèmes aux œufs. Il n'y a ni crème, ni œuf dedans. Mon père dit que cela lui rappelle son enfance. Et à l'époque, il n'y avait pas d'œuf ni de crème non plus.

Je vais directement chez Delmonte. Il n'y a personne à part la vieille dame qui tient la cafétéria. J'ai assez d'argent pour m'offrir une crème à l'œuf, alors, je m'assieds au comptoir et je commande. J'ai l'impression d'être dans un vieux film – vous voyez, quand les gens obtiennent tous les renseignements qu'ils veulent pendant que d'autres font des choses très anodines comme préparer une crème à l'œuf. Le temps qu'elle mixe mon soda je lui demande si elle connaît un garçon du nom de

Bucky. Elle ne me répond pas, ne me regarde même pas. Alors je repose la question et cette fois je parle vraiment fort. Mais elle ne lève même pas les yeux du soda.

Je me sens idiote de redemander, alors je dis simplement : «Merci tout de même.» Et j'attends qu'elle ait fini de faire la crème à l'œuf.

«Tiens, voilà», dit-elle. «Bon, goûte un peu si c'est assez sucré pour toi.»

Je lui dis que c'est parfait et elle répond *bien,* elle me sourit et elle a l'air si sympa que je ne comprends pas pourquoi elle ne voulait pas me répondre quand je lui ai posé la question à propos de Bucky.

Je termine ma crème à l'œuf et je repose mon verre sur le comptoir. Elle me voit et s'approche. «Tu veux autre chose, mon petit ?» demande-t-elle.

«Pourrais-je avoir un verre d'eau s'il vous plaît ?»

«Mais bien sûr.» Elle attrape un verre et commence à le remplir. C'est curieux comme elle peut être gentille quand elle me parle et comme elle peut être vilaine quand je lui pose des questions. Sauf qu'elle m'a donné un verre d'eau et qu'elle n'avait pas l'air contrarié du tout. Peut-être que si je m'appliquais à penser comme un véritable détective, je finirais par comprendre. En dehors du fait qu'un véritable détective pourrait commander d'autres sodas, rester assis là toute la journée et essayer de devenir son ami et tout, et qu'il y consacrerait tout le temps qu'il voudrait. Car lui n'aurait pas une maman fâchée qu'il rentre tard pour dîner.

Un homme qui peut avoir l'âge de mon père entre

dans le magasin. Il ramasse un *New York Magazine* et s'approche du comptoir.

«Comment ça va, Annie?» dit-il en poussant la monnaie dans sa direction. Elle l'ignore. L'homme se retourne et je m'attendais à ce qu'il soit contrarié mais tout ce qu'il fait c'est de sourire, se pencher et lui donner une petite tape sur l'épaule. Elle lève les yeux et lui dit un grand bonjour, alors il lui redemande comment ça va et cette fois-ci elle répond: «Pas trop bien.»

«Encore des ennuis avec Bucky?» demande-t-il, et moi un peu plus je dégringolais du tabouret parce que c'est bien lui que je cherche.

«Il n'y a aucun moyen de garder ce garçon à l'école», dit Annie, secouant la tête et faisant *tss, tss,* son caractéristique des grandes personnes quand les choses sont vraiment sans espoir. «Mais il doit continuer jusqu'à ses seize ans et il ne les aura que dans quatre mois. En attendant, l'inspecteur pédagogique vient ici toutes les semaines comme une horloge. Je te le dis, je suis à court d'idées. Que vais-je faire de ce garçon?»

Maintenant j'ai l'impression d'être un vrai détective à la façon dont je récolte tous ces renseignements. Annie doit être la mère de Bucky. Mais pourquoi a-t-elle l'air assez âgée pour être sa grand-mère?

«Comment va l'autre petit-fils?» demande l'homme.

Aaahh!

«Arnold est un tel trésor!» Annie se met à sourire dès qu'elle commence à parler d'Arnold. N'importe qui comprendrait qu'il est son préféré à la façon dont elle en rajoute: qu'il est toujours dans les premiers, qu'il donne un coup de main au magasin, qu'il travaille après l'école, qu'il est beau, et ainsi de suite.

Si j'étais Bucky, je le détesterais, Arnold. En tout cas, je serais sûrement jalouse de lui. C'est étonnant comme elle peut présenter un visage triste quand elle parle de Bucky et un si joyeux sourire pour Arnold. Cela me fait un sale effet. Je me sens triste pour Bucky parce que si votre grand-mère ne vous aime pas, qui d'autre pourrait vous supporter. Au fond, elle n'a peut-être pas tort vu la méchanceté avec laquelle Bucky a traité ce vieux monsieur. Et puis, je suis sûre qu'il a volé la bicyclette. Et je dois savoir.

«Excusez-moi», dis-je à Annie, mais elle ne fait aucune attention à moi. Seul l'homme me regarde. Si j'étais Arnold, je suis sûre qu'elle ferait attention à moi. J'imagine très bien ce que ressent Bucky.

«Excusez-moi, s'il vous plaît», dis-je de nouveau très fort, cette fois-ci.

«Annie», dit l'homme après lui avoir touché le bras, «je crois que cette jeune personne aimerait te dire quelque chose.»

Là, Annie se tourne vers moi et me demande très gentiment si elle peut m'aider. Je deviendrai probablement détective car je me trouve très douée. J'ai compris pourquoi Annie ne me répond pas sauf quand elle me regarde droit dans les yeux. Je vous parie qu'elle n'entend pas très bien et elle ne comprend ce qu'on dit que lorsqu'elle vous regarde parler. Elle lit sur les lèvres. C'est une liseuse de lèvres. Je ne sais pas très bien comment cela s'appelle, mais beaucoup de sourds le font, si bien qu'on ne sait pratiquement pas qu'ils sont sourds. Je ne m'en étais pas rendu compte avec Annie jusqu'à cet instant. Je lui parle alors très doucement et très clairement en faisant bien bouger tout mon visage avec ma bouche. Je dis que je suis une amie d'Arnold. Elle paraît un peu surprise, étonnée que je le sois parce que je suis si jeune. Et elle sourit, puisque je suis une amie d'Arnold. Il n'y a pas de problème. D'accord, vous direz que j'ai un peu manœuvré, mais il faut bien que je retrouve Bucky et d'ailleurs c'est tout à fait le genre de choses que ferait un détective professionnel.

«Arnold m'a demandé de prévenir Bucky qu'il devait le voir tout de suite. Il a quelque chose de très important à lui communiquer; alors, pouvez-vous me dire où se trouve Bucky s'il vous plaît?»

«J'aimerais bien le savoir, mon petit, mais je ne sais jamais où se trouve ce galopin. La seule chose dont je sois sûre c'est qu'il n'est jamais là où il est censé être.»

«Est-ce qu'il revient ici aujourd'hui?»

«Il a intérêt, s'il ne veut pas avoir des ennuis.»

«Vous pensez qu'il en a pour longtemps?»

Elle hausse les épaules comme si elle n'en avait pas la moindre idée. «Tu pourrais essayer le bowling. Il y va parfois. Ou le petit parc. Ou Dieu sait où va ce garçon.»

Puis elle se tourne vers l'homme et dit: «Vous comprenez, M. Gibson? Même son propre frère ne le trouve pas.»

«Le bowling de la huitième rue?» je demande, après lui avoir touché le bras.

«Oui, celui-là», dit-elle. «Mais je ne peux pas t'affirmer avec certitude qu'il y est. On ne peut jamais savoir avec ce garçon. »

Je me glisse au bas du tabouret, les remercie beaucoup, et me dirige vers la porte. Au moment où j'y arrive, Annie me demande où était Arnold, cet après-midi. Mais je fais semblant de ne pas l'entendre et je sors dans la rue aussi vite que possible.

Je ne suis jamais entrée seule de ma vie dans un bowling. Je ne crois pas que mes parents m'y autoriseraient, et je me sens mal à l'aise. Mais il faut que je trouve Bucky. Je vais seulement jeter un coup d'œil et si je le vois, j'irai tout droit à lui et je lui demanderai des nouvelles de la bicyclette. Aucun rapport avec le fait de passer toute une après-midi là, alors ce n'est vraiment pas si dramatique.

Le Bowling qui Roule est à un demi-pâté de maisons au-delà de Delmonte, dans l'un de ces vieux immeubles miteux. L'escalier est si vieux qu'il est tout creusé au milieu des marches et les murs et le hall sont sales avec de grandes plaques de plâtre qui tombent. Chaque marche est si haute que je dois me tenir à la rampe pour lever la jambe. Je n'avais encore jamais vu de marches aussi hautes. Ce doit être un immeuble très ancien ou alors les gens devaient être très grands autrefois, ou quelque chose comme ça.

Les pistes du bowling sont au deuxième étage. On entend le grondement des boules et le fracas des quilles depuis le hall d'entrée. D'après le bruit, il y a foule. Il y a une porte de verre mais elle est si sale que l'on ne voit rien à travers. Il faut que j'attende un peu derrière la porte parce que si quelqu'un sort, je pourrai jeter un coup d'œil, et alors, je n'aurai pas besoin d'entrer complètement.

Personne ne sort pendant cinq bonnes minutes. Je sais que je ne trouverai jamais Bucky si je reste plantée là. Mais j'ai peur qu'ils me vident si j'entre car je n'ai pas l'âge. Finalement, je me décide à pousser la porte parce que je me sens si mal en repensant à la bicyclette. Qu'est-ce que ça peut faire s'ils hurlent après moi ou s'ils me jettent dehors ? Ce ne sera jamais pire que d'être arrêtée pour avoir volé le vélo de sa sœur.

C'est un endroit gigantesque. En en faisant le tour des yeux, je vois un tas de garçons qui ressemblent à Bucky et à son copain, alors cela m'oblige à pénétrer complètement dans la salle, jusqu'aux pistes pour voir s'ils sont là. J'étais persuadée que ce serait très facile de reconnaître ces ignobles garçons. Mais maintenant ils ont tous la même allure.

«Tu cherches quelqu'un, la môme ?» me demande un serveur avec un plateau chargé de boissons.

«Je cherche Bucky», dis-je. «Son frère Arnold le demande.» Cela sonne très réaliste à mon goût.

Il répond: «Je ne connais pas de Bucky.» Mon ton doit donc lui paraître naturel à lui aussi.

«Comment est-il ?»

«Je ne sais pas. Normal... des cheveux bruns et tout. Environ votre taille. Il a à peu près quinze ans.»

«Quelle description, gamine. Il y a une bonne vingtaine de types ici qui ressemblent à ton Bucky. Pourquoi ne vas-tu pas demander au comptoir de location des chaussures ? Tout au bout là-bas, de l'autre côté des casiers. »

« Merci », dis-je et je vais vers l'endroit qu'il m'indique du doigt.

Il y a une fille au comptoir, mais elle dit qu'elle ne connaît pas de Bucky. Cet autre garçon, celui qui rend les chaussures, me demande si je veux parler de Bucky Lynch. Je lui dis que je ne connais pas son nom de famille. Il me le décrit et ça m'a tout à fait l'air d'être Bucky. Alors je réponds : « Ouais, c'est bien ce type-là. »

« Il est tout le temps fourré à la boutique de vélos, chez Reinhardt, dans la quatrième rue est », dit-il et mon cœur explose littéralement. Une boutique de vélos ! Ça doit être cela, je veux dire, c'est là qu'ils sont, le vélo, Bucky et tous les autres. Je ne pourrais pas en jurer mais ça ressemble à ce que je cherche. Je suis surexcitée parce que je suis sûre que j'ai presque retrouvé le vélo et que tout va très bien se passer. Je leur dis merci à tous les deux et je me mets à courir aussi vite que je peux pour sortir du bowling. Tellement vite dans l'escalier, que je ne pourrais pas m'arrêter si je le voulais.

Je suis à une dizaine de minutes du Village-Est, et si ma mère savait que j'y vais, elle me tuerait.

C'est un lieu insolite plein de drogués et de loubards, vous savez. De vrais durs qui tournent en moto, avec des chaînes et des tatouages et ils sont tous sales et moches. Je n'en ai jamais vu pour de vrai. Mais j'ai vu un film à la télé où un gang de motards prend le contrôle d'une ville et tout le monde est mort de peur. Si j'en vois un seul, je meurs. J'aurais trop peur.

Je suis arrivée quatrième rue est et je ne vois pas de marchand de vélos. Il faut que je me renseigne. C'est difficile de choisir à qui demander, parce qu'il ne faut pas que je parle à un loubard. Et je ne me souviens plus très bien à quoi ils ressemblent parce que le film, je l'ai vu il y a longtemps. Et maintenant presque tout le monde ressemble à ce que je crois qu'ils sont, alors je reste là à attendre que passe un véritable être humain. Finalement une vieille dame s'approche mais elle ne parle pas très bien anglais. Je vois beaucoup de gens, vraiment très bien, mais le temps que je me décide à leur demander, ils sont déjà partis et je reste plantée là comme une imbécile. Maintenant, il le faut! De toute façon, je demande à la première personne qui passe.

«Excusez-moi monsieur», dis-je à un homme en veste de cuir avec une affreuse barbe tout emmêlée, «pouvez-vous m'indiquer où se trouve la boutique de vélos Reinhardt?»

«T'avises le coin là-bas?» J'entends à peine, parce que bien qu'il n'ait pas ses chaînes sur lui, je sais que c'est une personne loubarde. Je suis morte de peur.

Il me parle du coin là-bas, alors je hoche la tête et je fais semblant de regarder dans cette direction. «T'as qu'à te pointer deux magas plus loin et t'es arrivée. T'as capté, la môme?»

«Oui monsieur», dis-je en avalant tout le temps ma salive.

«Tu veux que je t'emmène?»

A présent j'ai le cœur dans les talons et je fais non de la tête comme une folle.

«Comme tu voudras, greluche.» Je vois bien que je l'ai choqué et plutôt mourir que de le mettre en colère, alors je force ma bouche à écarter le plus grand sourire du siècle. Bientôt mes lèvres vont atteindre mes oreilles.

Il me regarde comme si j'étais cinglée, hausse les épaules et s'en va.

Sur le dos de sa veste est écrit *La Petite Ligue.* Je ne savais pas que les loubards étaient ligués contre quelque chose.

J'attends de le perdre de vue pour me diriger vers le coin de la rue. Je dépasse deux magasins et je suis chez Reinhardt. En dehors de toute autre considération, je suis contente d'avoir trouvé l'endroit moi-même. J'y suis pour la première fois de ma vie.

Il y a bien une centaine de vélos dans le magasin, beaucoup sont enchaînés à l'extérieur et je sais que celui de Liz est là et je suis si contente que je ne peux m'empêcher de sourire. Peut-être ne devrai-je même pas retrouver Bucky, ce qui serait très agréable vu que c'est un vrai monstre.

Mais qu'est-ce qui se passerait si le propriétaire ne croyait pas mon histoire ? Je veux dire, imaginez que j'aille le voir en lui disant qu'il est en possession de la bicyclette de ma sœur par erreur et qu'il me rie au nez ? C'est très vraisemblable, vous savez, parce que le policier l'a dit, peut-être que Bucky la lui aura vendue cher. Il peut même me dire d'aller me faire voir, m'envoyer paître, ou quelque chose du genre. Si c'est le cas, il va falloir que je sois très dure avec lui et que je lui dise que s'il ne me rend pas le vélo, je vais le dénoncer à mon père.

Ça lui donnera la frousse et sinon, là je lui dirai que je vais directement au commissariat.

Sauf que je me retrouverais peut-être avec les deux abominables flics d'avant, et ils commenceraient à me poser des tonnes de questions et tout finirait par être déballé, que c'est moi la voleuse et toute la sauce. Ils me laisseraient en liberté provisoire et il faudrait que je m'explique devant un juge ou un type du même style, ou pire encore – l'horreur, devant Liz ! Quoi qu'il en soit, si la bicyclette de ma sœur est là, il faut que j'en aie le cœur net ; alors je croise les doigts, je respire un grand coup et j'ouvre grand la porte. Des yeux, je fais le tour de la boutique. Je ne vois qu'une seule personne, ce doit être M. Reinhardt, le propriétaire. Tout d'un coup, je me dis que je dois me tromper. Il a l'air d'un vieux monsieur, tout gentil, doux comme un grand-père. Il a le teint rose et les cheveux blancs les plus brillants et les plus soyeux du monde. Son visage est tout rond, tout moelleux comme celui de l'homme qui fait de la pâte sablée dans la pub à la télé.

Je marche tout droit vers lui et dis : « Excusez-moi, monsieur, pourriez-vous m'aider s'il vous plaît ? »

« Enlève tes sales pattes de mes bicyclettes ! » aboie-t-il en balayant d'un coup sec ma main d'une bicyclette. Je ne m'appuyais même pas. Je la touchais à peine.

« Qu'est-ce que tu veux ? » dit-il de la même grosse voix.

« Euh... »

« Bon. Allons, parle ! Je n'ai pas toute la journée. »

« Euh... Vous voyez... »

«Non, je ne vois pas.»

J'ai du mal à le croire, ce gentil vieillard est la personne la plus méchante que j'aie jamais rencontrée et il me rend si nerveuse que je n'arrive pas à prononcer une parole.

«La bicyclette de ma sœur...» Et c'est tout ce que je sors avant de me mettre à pleurer et de ne plus pouvoir parler du tout.

A présent, il m'observe de très près comme si, tout à coup, il s'intéressait à ce que je dis. Sauf que je ne dis rien puisque je pleure. «Qu'est-ce qu'elle a la bicyclette de ta sœur?»

«C'est... la... mê... me... que...»

«Arrête de miauler, tu veux? Je ne comprends pas un mot de ce que tu dis.»

«On l'a perdue... aahh... dans le parc. Quelqu'un l'a prise.»

A présent il a l'air tellement furieux que je recule, mais je ne peux pas aller bien loin parce que je me cogne dans la bicyclette qui est derrière moi.

«Ecoute, petiote, je ne sais rien du vélo de ta sœur, je ne vends que des vélos neufs. Tu veux t'acheter un vélo neuf?»

Je ne sors même pas un son, alors je me contente de faire non de la tête et les larmes giclent; l'une d'entre elles atterrit sur sa chemise.

«Alors tu déguerpis.»

Je n'attends pas qu'il me dise autre chose. Je tourne les talons et je file aussi vite que je peux sans voir où je cours à cause des larmes.

Il me dit autre chose, mais je ne comprends pas bien tellement je cours vite. Quand j'arrive au coin de la rue, je l'entends encore hurler.

Je cours et je pleure tout le long du chemin du retour vers la huitième rue. Je me sens déjà mieux en y arrivant et je continue à foncer vers la maison. Arrivée là-bas, j'ai cessé de pleurer mais je suis très malheureuse parce que j'ai l'impression que je ne récupérerai jamais plus le vélo.

Il fait nuit quand j'arrive à la maison. Mes parents sont devant l'immeuble, ils m'attendent. Maintenant, j'ai des ennuis encore plus graves.

«Où étais-tu pendant tout ce temps?» demande ma mère. Elle a les mains sur les hanches et elle bouillonne de fureur. «Comment oses-tu rester dehors jusqu'à une heure pareille sans même nous dire où tu vas!»

«Pardon... pardon...» je commence à dire. Mais mon père m'attrape par le bras et me pousse dans le hall. Ils hurlent tous les deux à voix étouffée pendant qu'on attend l'ascenseur.

Et moi, pendant tout ce temps, je pleure et ils ne me donnent même pas l'occasion d'expliquer où j'étais ou quoi que ce soit d'autre.

Pendant toute la montée de l'ascenseur, ils m'expliquent qu'ils étaient sur le point de prévenir la police et comment je peux être aussi inconsciente et que je vais être très sévèrement punie.

La vache, c'est drôlement rare qu'ils soient en colère tous les deux ensemble, mais je crois qu'ils sont à bout de nerfs. C'est ce que dit mon père. Comment ai-je pu choisir aussi mal mon jour, avec ce vol de bicyclette et tout ?

Je leur dis que je regrette, que je viens de chez ma nouvelle amie et que je me suis perdue en rentrant.

«Eh bien, pourquoi ne nous as-tu pas appelés ?» demande ma mère.

«Je n'avais pas d'argent...» Je me remets à pleurer.

Puis mon père dit : «Tu ne sais donc pas que tu peux toujours appeler l'opératrice ? Même si tu n'as pas un sou ?»

«Je ne le savais pas.» Ça c'est vrai, je ne le savais pas.

«Comment se fait-il qu'elle ne sache pas ça, Marilyn ?» demande mon père à ma mère.

«Je n'en ai pas la moindre idée. Je pensais que tout le monde savait ça», dit ma mère.

«Elle aurait dû le savoir», dit-il.

«Tu insinues que si elle ne le savait pas, c'est ma faute ?»

Maintenant ma mère est fâchée contre lui et moi je me dis que peut-être ils vont se disputer entre eux et m'oublier. Mais les choses ne se passent pas ainsi. Ils se souviennent de moi et me balancent un long discours sur les sorties tardives et que je dois absolument laisser un numéro de téléphone quand je vais chez une amie. Et je suis collée pour le week-end suivant. Je ne dis rien de la fête de Jane lundi après-midi, parce que, à cet instant, ils diraient sûrement non.

Pendant le dîner, on ne parle que de la bicyclette. Moi, je ne dis pas grand-chose. Mais Liz et Neddy racontent l'histoire du sauvetage d'Eddie contre la police.

Je devrais être très heureuse puisque dans leur histoire je fais figure d'héroïne. Mais j'ai quand même l'estomac retourné chaque fois qu'on dit quoi que ce soit à propos du vélo. Eux, ils trouvent ce que j'ai fait tellement extraordinaire qu'ils veulent en parler et en reparler sans cesse. Je peux à peine manger et c'est mon plat préféré : du poulet frit. Même mes parents disent qu'ils sont fiers de moi, que j'ai été courageuse. C'est atroce. Cela gâche tout.

«Qu'est-ce qui t'arrive, ma chérie ?» demande mon père. «Tu ne te sens pas bien ?»

«J'ai très mal à la tête», dis-je et ils s'intéressent tous à moi et ma mère me conduit dans ma chambre et m'aide à me mettre au lit, elle m'embrasse et me fait plein de câlins. Puis, mon père arrive et c'est son tour. Ensuite Liz et même Neddy viennent me souhaiter bonne nuit. Je me sens affreusement mal. J'aimais mieux quand tout le monde me harcelait. D'ailleurs, j'ai vraiment mal à la tête à force d'être mal dans ma peau !

Tout le monde sort, mon père éteint la lumière et j'enfonce ma tête dans l'oreiller pour que personne ne m'entende pleurer.

Aujourd'hui j'ai vécu le pire jour de ma vie.

11

J'ai complètement oublié le dimanche. Nous allons au Country Club de mes grands-parents et je suis tout juste capable de traîner mon ennui. Je suis comme une âme en peine. Je ne mets même pas mon maillot de bain et je ne vais même pas au bain de vapeur. Je n'ai pas l'ombre d'une petite faim de toute la journée. Nous partons tout de suite après le dîner parce que mes parents pensent que je couve peut-être quelque chose.

Sitôt arrivés à la maison, ma mère prend ma température. Elle est tout étonnée de constater que je n'en ai pas.

«Ari, ma chérie, quelque chose te tourmente?» me demande-t-elle quand je me mets au lit à huit heures et demie sans que qui que ce soit m'en donne l'ordre.

«Non, maman, je suis juste fatiguée.»

Elle me souhaite bonne nuit en m'embrassant et dit qu'elle est dans le salon en train de lire si je veux lui parler.

Dès qu'elle est sortie, j'éteins la lumière.

J'essaie de dormir mais dans ma tête se déroule interminablement la même scène où Rhona me dit que je dois emprunter le vélo de Liz et moi, je réponds: «Sûrement pas!»

Si seulement j'avais dit non à Rhona. Si seulement...

12

Je me réveille trois fois en plein milieu de la nuit. Je fais des rêves affreux. Je ne me souviens que du dernier parce qu'il était si vrai que j'ai vraiment cru que c'était la réalité. J'étais dans le parc, avec la bicyclette, mais elle était beaucoup plus petite que la bicyclette de Liz et elle devenait de plus en plus petite. Bucky était là aussi et nous la regardions tous rétrécir à vue d'œil. Même mes grands-parents. Et quand elle est devenue aussi petite qu'une noix, je l'ai fait sauter d'une pichenette dans ma bouche.

«Ne l'avale pas!» criaient-ils tous. Mais c'était trop tard. Ils étaient furieux contre moi. Même Bucky. Et ce n'était pourtant pas sa bicyclette. Je me suis réveillée en sueur.

Le petit déjeuner est un enfer. Liz passe son temps à me faire des mamours et Neddy ne se donne même pas la peine de me taquiner; ma mère dit que je ne suis pas obligée de prendre autre chose qu'un verre de lait si je n'ai pas envie de déjeuner.

Mon père me prépare mon sandwich spécial à l'œuf que j'aime tellement; mais aujourd'hui, j'ai du mal à l'avaler. D'ailleurs j'en cache la moitié dans ma serviette.

Quand je parle de la fête de Jane, ils disent que bien

entendu je peux y aller et ma mère ira lui acheter un cadeau ce matin et elle me le déposera à l'école.

La seule chose qui m'intéresse, c'est de retrouver la bicyclette dans la cave. Mais quand je vérifie en partant à l'école, le coin est toujours vide. Jamais vu un coin aussi désert.

Dès que j'arrive à l'école, je me souviens que j'ai quitté Rhona très en colère à cause de la course de vélo, samedi. Je ne sais pas ce qui est pire. Être à la maison, où tout le monde n'arrête pas de me cajoler et de m'embrasser, ou être ici, avec Rhona qui va me défoncer le crâne ou quelque chose d'encore plus abominable. J'espère que je verrai Jane avant de rencontrer Rhona. Je vous ai dit comme c'est affreux quand Rhona est contrariée. Mais peut-être que si je suis avec Jane, elle ne m'agressera pas si fort. Enfin, j'imagine que tout dépend comment elle est aujourd'hui. Si elle est la Sainte Vierge, ça va. Avec mon pot habituel, ce sera encore Attila le chef des Huns.

«Salut patate!» Oh dur, c'est Rhona. On est dans le couloir, devant la salle de dessin. «Tu t'es rendu compte de ce que tu m'as fait samedi?» demande-t-elle les mains sur les hanches et le visage pincé pour exprimer l'ampleur de son dégoût. Dans le hall, il y a foule, tous les gosses qui entrent en classe.

«Vraiment, je regrette, euh... Rhona?»

«Ouais», dit-elle, «qui croyais-tu que c'était?»

J'aurais préféré Attila.

«Il a fallu que j'utilise la vieille bécane pourrie de Rachel. Je suis à peine qualifiée à cause de toi.»

«Je te demande pardon, je t'assure.» On dirait que je suis toujours obligée de m'excuser avec Rhona.

«Oui, j'en suis sûre. Tu te fous de tout le monde, sauf de toi. Sinon, tu aurais mis ton point d'honneur à obtenir la bicyclette de ta sœur. La vache», dit-elle en regardant ses deux acolytes, Tracy et Margot. «Ce qu'elle peut être égoïste!»

«C'est faux, je t'ai dit que quelqu'un a pris la bicyclette. Je l'ai apportée dans le parc, c'est vrai tu sais.»

«Tu penses qu'on est assez bêtes pour croire que quelqu'un va voler une bicyclette, avec toi à côté en train de la contempler?»

«J'ai vraiment horreur des menteuses», intervient Margot.

Et maintenant de nombreux enfants se sont arrêtés et nous observent. Moi, je suis gênée à mort parce que je sens que je vais pleurer.

«Moi aussi», dit Tracy, et toutes les trois disent en cœur comme elles ne peuvent décidément jamais croire quoi que ce soit de ce que je dis.

«Je vous jure que je l'avais apportée», dis-je et je sais que j'ai mon intonation de mendiante mais je ne veux pas que tout le monde croie que je mens.

«Menteuse», dit Rhona et je sens les larmes monter.

«Non, je ne suis pas une menteuse.»

«Tu l'es.»

«Ce n'est pas une menteuse!» lance Jane. Je ne l'avais pas vue arriver dans le hall. Ça n'empêche qu'elle est bien là, qu'elle saute à pieds joints dans la discussion. C'est à Rhona qu'elle s'adresse.

«Tu m'as l'air bien informée, petite douée?» lance Rhona à Jane du tac au tac.

«Parce que j'ai tout vu. C'est comme ça que je sais.»

«Ah, ouais?» demande Rhona très à son aise, parce que personne ne s'attaque jamais à elle. «Alors, peut-être n'as-tu pas une très bonne vue?»

«Ouais et toi, peut-être n'es-tu pas une si bonne coureuse?» C'est au tour de Jane de se sentir très à l'aise.

«Et qui le dit?» Rhona crache littéralement ses mots dans la figure de Jane. La foule se resserre sur elles. Des dizaines d'enfants regardent. Personne n'avait encore jamais été aussi courageux devant Rhona. Même pas les garçons. Et Jane est à peu près de la même taille que moi alors ça fait très peur.

«C'est moi qui le dis.» Dans le hall, tout le monde se tait, en attendant la dispute. «D'ailleurs, il serait bon que tout le monde sache qu'à part deux filles de huitième, tous les participants utilisaient des vélos normaux, pas des dix vitesses comme celui que tu as pris. Alors, peut-être n'es-tu pas une si bonne coureuse, n'est-ce pas, Ari?»

Je ne m'attendais pas à ce qu'elle m'associe à la discussion et je ne sais pas quoi dire. Alors je réponds simplement: «Euh?» Comme si je ne comprenais pas.

«Je dis simplement que la grandiose Rhona Finkelstein n'est peut-être pas aussi grandiose que cela», dit Jane et maintenant presque toute la classe de sixième observe. Et ils attendent que je dise quelque chose. Moi, je ne dis rien. Tout ce que je fais, c'est une sorte de sourire gêné à toutes les deux.

«Est-ce que toi tu le penses aussi, Ari?» demande Rhona, et ses yeux prennent la forme d'une fente et elle approche son visage à un ou deux centimètres du mien, et moi je ne sais plus quoi faire. En réalité, je sais quoi faire, mais je continue à avoir un peu peur de Rhona.

«Laisse Ari tranquille», ordonne Jane, s'interposant entre nous deux. «Elle n'est pas obligée de dire quoi que ce soit qu'elle n'ait pas envie de dire.»

Je compte jusqu'à trois, prends une gigantesque bouffée d'air et je dis: «Rhona?»

«Ouais?»

«Ecoute, Rhona.»

«Ecoute quoi?»

Si je ne le fais pas maintenant, je ne le ferai jamais et si je ne le fais pas du tout, je perds la meilleure amie que j'aie jamais eue.

«Peut-être qu'en t'entraînant, tu pourrais faire des progrès. Je connais un garçon, dans mon immeuble, il n'était pas si bon à la course et...»

«Tu dis que je ne cours pas bien?»

«C'est-à-dire...»

«C'est-à-dire quoi?»

«Eh bien...» Je lance un regard autour de moi et tout le monde me dévisage et Jane me fait comme un sourire secret et je déclare à Rhona: «Non, tu n'es pas une si bonne coureuse.»

Elle a l'air choqué et vraiment en colère. Mais avant qu'elle puisse faire quoi que ce soit, Jane s'interpose et dit: «Peut-être devrions-nous choisir quelqu'un d'autre pour nous représenter dans la course cycliste.»

Et tout le monde hoche la tête et dit: «Ouais!» Et: «Peut-être qu'on devrait...»

Et Rhona dit: «C'est pas juste, on m'a choisie. J'ai été élue. On ne peut pas tout changer comme ça.»

Elle est complètement bouleversée. Je ne l'avais jamais vue comme cela. Personne d'ailleurs. On voit bien à leur tête qu'ils sont sidérés.

«Bon...» Jane a les mains sur les hanches et l'air féroce. Rhona la regarde avec soumission. Je n'en crois pas mes yeux. Rhona recevant des ordres de quelqu'un de son âge. «Allez, donnons-lui une dernière chance», dit Jane regardant toujours Rhona de haut. «Qu'en penses-tu, Ari?»

«Ben...»

J'adore. «Allez, Ari», dit Rhona et elle est pratiquement en train de plaider sa cause. Pour m'attendrir. J'ai du mal à le croire.

«Oui bien sûr», dis-je et je lui fais même un sourire. Qu'elle fasse la course ou qu'elle ne la fasse pas m'importe assez peu en fait. L'important c'est qu'elle ne me martyrise pas et ne me provoque plus jamais. Jamais! Et vous savez pourquoi? Parce que jamais plus je ne l'y autoriserai.

C'est comme ça qu'elle fait, Jane. Elle a le même âge et la même taille que moi, mais les gens ne la bousculent pas, comme ils le font avec moi... comme ils le faisaient avec moi.

Je l'ai bien observée, je ne sais pas exactement comment elle fait mais je sais que j'y arrive un peu moi aussi maintenant, et que cela marche. Cela doit avoir un petit côté loufoque, mais peut-être qu'après l'avoir pratiqué plusieurs fois, j'en saurai plus long.

Autre événement important. Lorsque j'ai donné mon accord à l'entrée de Rhona dans la course, tout le monde est intervenu et a dit: «Bon d'accord.» Et: «C'est évident.» Et tout. Comme s'ils m'attendaient tous pour décider. Je ne sais pas encore ce qu'il y a là-dessous mais peut-être que Jane le sait...

Et après, c'est encore plus bizarre. Quand j'ai dit: «D'accord» à Rhona, elle m'a remerciée. Utilisant le mot «merci» comme ça, devant presque toute la classe. C'est la plus belle chose qui me soit arrivée depuis que j'ai gagné le concours de poésie en dixième. J'avais reçu une médaille, mais ça c'est encore plus fort.

Je n'entends même pas de quoi parle le professeur pendant toute la matinée parce que je ne peux pas arrêter de penser à ce qui s'est passé avec Rhona. J'y pense et j'y repense tout le temps et maintenant je suis arrivée au point où je vais le faire seule, sans me faire aider de Jane. Dans quelque temps c'est moi qui donnerai un coup de main à Jane. Jamais je n'ai vécu matinée aussi délicieuse depuis le vol de la bicyclette.

Mais ça ne peut pas durer, parce que dès mon retour probablement la police sera là et tout le monde saura la vérité.

Un peu plus tard, juste avant l'heure du déjeuner, Jane et moi sommes assises dans la classe et je lui raconte que j'ai eu un peu peur pendant une minute, tout à l'heure, parce que jamais personne n'avait encore vaincu Rhona Finkelstein.

«Je crois que Rhona est l'être le plus dur que je connaisse au monde», dis-je.

«Très souvent, les durs de ce genre ne sont pas aussi balèzes que tu crois, Ari. Parfois, il suffit de les contrer pour qu'ils s'écroulent.»

«Tu ne me connais pas, c'est moi qui m'écroule la première.»

«Je te parie que non.»

«Tu crois?»

«Je le sais.»

Il y a des fois, je voudrais prendre Jane dans mes bras, tellement elle me fait du bien.

Tout d'un coup elle prend un petit air sérieux et dit: «J'ai même un peu pitié de Rhona.»

«Comment ça se fait?»

«Peut-être ne sait-elle même pas comment c'est, être gentil. Si cela se trouve, personne n'a pris le temps de lui apprendre.»

«Je te parie que sa mère ne l'a jamais fait, elle n'est presque jamais là.»

«Tu vois ce que je veux dire?»

«Ouais. C'est sûr...» Mais je pense encore à la façon dont Rhona s'est conduite ce matin-là dans le parc.

13

Ma mère passe à l'école pour déposer le cadeau de Jane et je vois qu'elle ne sait rien encore parce qu'elle continue à m'aimer beaucoup à cause de ce que j'ai fait pour sauver Eddie. Plus ils sont gentils avec moi, plus je me sens mal. Je me conduis d'une façon tellement étrange que ma mère veut savoir si je suis dans mon état normal. Je lui dis que oui, mais elle me met la main sur le front, ce qui me gêne parce que tout le monde me regarde. Je roule des yeux, comme pour dire «oh, là, là!» et elle fait ce qu'elle a toujours fait après avoir touché mon front avec sa main, elle pose les lèvres sur ma tête. C'est vraiment trop, mais on ne peut plus l'arrêter quand la santé est en jeu. Elle aurait dû être médecin en dehors du fait qu'elle ne supporte pas la vue du sang.

Quand ma mère est arrivée, Jane était dans les toilettes des filles. Alors on a attendu qu'elle sorte parce que ma mère voulait faire sa connaissance. J'ai vu tout de suite qu'elle lui plaisait et elle lui a souhaité un bon anniversaire d'une façon vraiment sympa et l'a invitée à la maison pour déjeuner un de ces jours.

Lorsque ma mère est repartie, Jane m'a dit qu'elle la trouvait très gentille et qu'elle ressemblait beaucoup à la sienne.

Je suis tout excitée à l'idée d'aller à la fête cet après-midi. Je suis toujours si excitée quand je vais à une fête que je n'arrive pas à me concentrer sur quoi que ce soit. Avec cette histoire de fête et le numéro avec Rhona, je ne comprends rien de ce qu'on fait à l'école. Encore une chance qu'aucun professeur ne m'ait interrogée. Enfin, il est une heure et quart et nous pouvons partir. Je me sens tout à fait différente des autres parce que je suis la seule de la classe à être invitée à la fête de Jane.

Beaucoup d'élèves savent que c'est son anniversaire. Ils le lui souhaitent et on voit bien que cela ne les dérangerait pas qu'elle leur demande de venir. Mais elle ne demande pas.

La seule chose dont nous parlons en rentrant chez elle, c'est comment nous avons vaincu Rhona, et moi je lui dis comment tout le monde en a peur et elle me répond que si elle l'avait su, peut-être aurait-elle aussi eu peur. Moi, je sais que non. Elle est tellement géniale. Je l'adore. Vraiment.

En arrivant, on trouve toute une réunion de parents et de voisins qui entourent Jane et lui font fête. Comme c'est l'heure du déjeuner, même ceux qui travaillent, son père et son oncle sont là aussi. Sa mère a préparé toute une grande table avec des choses à manger – des lasagnes, des salades, du pain chaud italien, du poulet rôti – toutes sortes de mets délicieux et même de la tarte aux pommes. On se met tous à table immédiatement. Sa mère est une merveilleuse cuisinière. J'aime tout. Ses sœurs sont très sympa avec moi et son frère aussi. C'est une journée géniale ; si seulement j'arrivais à récupérer cette bicyclette, ce serait vraiment parfait.

Après le déjeuner, on se dépêche de sortir le gâteau parce que certains invités doivent retourner au travail. Le gâteau est splendide. C'est Jackie, la sœur de Jane, qui l'a décoré et il est plus beau que tout ce qu'on trouve dans les pâtisseries. Et meilleur aussi.

Lorsqu'on a fini de chanter «Joyeux anniversaire», et de manger le gâteau, Jane ouvre ses cadeaux.

J'ai toujours peur que mon cadeau soit moins bien que les autres. En fait je déteste qu'on ouvre les cadeaux devant tout le monde parce que je me dis toujours que celui que j'offre sera moche. J'ai complètement tort parce que Jane l'adore. Ma mère lui a acheté l'album de *Grease,* la comédie musicale de Broadway. Je l'ai et je le mets tout le temps.

Jane m'embrasse et tout le monde dit des trucs comme «c'est génial», ou «c'est mon disque préféré» et tout. Et moi, je suis toute contente.

Il y a beaucoup de cadeaux et elle fait toute une affaire de chacun d'eux, ce qui est très agréable pour celui qui offre. La plupart sont très beaux de toute façon. Elle reçoit deux petits caracos, des livres, un pull, de l'argent de sa tante. Et quand elle a fini d'ouvrir tous les petits cadeaux, son père annonce: «Et maintenant, le grand final! Tralalère!» Il tend le bras vers la porte et tout le monde se retourne et attend.

Mais comme rien ne se passe, ils se mettent tous à rigoler et son père demande: «Laura, où est passé le grand final?»

«Patience», crie la mère de Jane de l'autre pièce. «Ça vient.»

«Charles» – son père fait un signe à son frère – «va voir si ta mère a besoin d'aide.»

Charles se dirige vers l'autre pièce et M. Richardson explique à Jane que Charles est partiellement l'auteur du cadeau puisqu'il en a eu l'idée et qu'il les a aidés à le dénicher.

Jane grogne et tout le monde rigole.

Je suis coincée derrière l'oncle Ben de Jane et tout ce que je vois c'est que sa mère et son frère poussent quelque chose, et ensuite, Jane pousse un hurlement, et elle commence à sauter dans tous les sens et à taper des mains et tout le monde dit des «oooh» et des «aahhh!» et moi, j'arrive à me faufiler entre son oncle et son grand cousin Effie. Et finalement je finis par voir d'où vient ce grand enthousiasme.

C'est une bicyclette. Un bijou. En fait, exactement la même que celle de Liz. Une Peugeot dix vitesses et de la même couleur.

Jane explose, tellement elle est heureuse. «Oh, papa, maman, je l'aime! Merci, merci!» Et elle leur fait à tous les deux toutes sortes de mamours et de baisers.

Je m'approche à un centimètre de la bicyclette parce que je commence à sentir ce point minuscule de malaise dans le ventre. C'est le guidon qui a déclenché ce mal de ventre. Sur les vélos de course, en général, le guidon est tourné presque entièrement vers le bas, ce qui oblige à se pencher loin devant quand on pédale. Mais Liz n'a jamais aimé la course, alors elle a demandé à Eddie de le lui remonter. Le guidon de la nouvelle bicyclette de Jane est exactement dans la même position que celui de Liz.

Autre chose. Presque tous les vélos qu'on voit ont une selle noire, Liz déteste le noir. Par contre, elle adore le beige, et c'est la couleur de la selle de ce vélo. La même que celui de Jane!

Jane s'approche de moi, tout excitée. «Tu l'aimes?» demande-t-elle. «Et tu sais, tu peux l'emprunter quand tu veux.»

«Merci, il est vraiment superbe ton vélo.»

J'ai beaucoup de mal à parler avec cette boule énorme qui grandit au fond de ma gorge. Je regarde intensément la bicyclette. La sonnette est exactement là où elle était sur le vélo de Liz. Les phares, pareil. Je sens les larmes noyer mes yeux. La question ne se pose même pas et je ne me suis jamais sentie aussi malheureuse de ma vie. C'est impossible et pourtant c'est la vérité.

C'est le vélo de Liz!

Je regarde son frère, plus intensément encore.

Elle-même m'avait dit qu'il était désagréable et méchant et il a exactement l'âge de Bucky et... Rien que l'idée, c'est affreux mais peut-être a-t-il quelque chose à voir avec ces types dégoûtants qui ont volé la bicyclette. Ils font peut-être partie d'une bande et Charles aurait très bien pu être là ce jour-là sans que je l'aie vu, parce que j'étais si occupée à récupérer le chapeau du vieux monsieur.

Je ne sais plus du tout quoi penser maintenant. Tout s'embrouille dans ma tête comme si je devenais folle – en tout cas, une chose est claire: c'est le vélo de ma sœur. Ça je le sais!

14

Je me faufile discrètement derrière tout le monde, vers la sortie. Je ne peux pas rester plus longtemps à regarder. Je vais fondre en larmes dans une seconde et il faut que je sorte. Mais quand j'arrive près de la porte, Jane me voit et elle a l'air complètement étonnée.

« Ari, où vas-tu ? » demande-t-elle. « Qu'est-ce qui se passe ? » Mais j'ai déjà passé la porte du living et je ne m'arrête pas. Je marche sans m'arrêter, aussi vite que je peux. Je passe la porte d'entrée et je descends les marches. Et maintenant je cours et je ne sais pas de quel côté je vais parce que je pleure si fort que je ne vois pratiquement plus rien.

Ça c'est encore pire que d'avoir laissé voler la bicyclette la première fois.

Je continue à courir et à pleurer et je me retrouve finalement dans le petit parc. Là, il y a des centaines de gens à cause de la course de vélo. Je m'en fous, s'ils me regardent tous. Je m'assieds sur le premier banc venu et je continue à pleurer. Le genre de gros sanglots que tout le monde entend et qui vous coupe la respiration.

« Hé, Ari ! » C'est Rhona, elle se fraye un chemin dans la foule jusqu'à moi. Je cache mon visage le plus possible dans mes mains pour qu'elle ne me voie pas. Je ne peux toujours pas m'arrêter de pleurer et je n'en ai aucune envie d'ailleurs.

«Qu'est-ce qui se passe, Ari?» demande-t-elle en se glissant sur le banc à côté de moi. «Ta nouvelle amie t'a laissée choir?»

Je fais non de la tête. C'est trop dur de parler.

«Eh bien, Bon Dieu, ne reste pas assise comme ça à pleurnicher. Tu m'as l'air d'un vrai bébé.»

Du coup, je me laisse complètement aller.

«Hé, écoute...» dit-elle et je vois bien que je commence à lui donner des inquiétudes. Elle va bientôt se lever et s'éloigner à toute vitesse. Mais au lieu de cela elle s'approche de quelques centimètres et me dit: «Ben quoi, Ari, c'est très grave?»

Je fais oui de la tête.

«Oh, là, là, dis-donc, je peux peut-être t'aider alors. C'est vrai, on n'est plus très copines – mais si tu as de vrais ennuis, tu sais, j'ai des relations. Je ne t'avais pas dit mais le cousin de ma mère est conseiller municipal. Je pourrais le joindre. Qu'est-ce que tu en penses? Tu veux que je m'en occupe?»

Je secoue la tête sans lever les yeux. J'ai les mains mouillées de larmes et le nez qui coule abondamment. Je m'essuie le visage avec le bas de mon tee-shirt. Elle s'assied près de moi sans autre question. Moi, je me sens un tout petit peu mieux.

Je ne pourrais pas lui en parler maintenant parce que c'est encore pire qu'avant, et avant c'était déjà très moche.

Je commençais à peine à me calmer quand j'entends

Jane qui m'appelle. Je lève les yeux et – oh Bon Dieu ! La voilà avec le vélo de Liz. Ça redéclenche les grandes eaux.

« Ari ! » dit-elle, « qu'est-ce qui t'arrive ? »

Maintenant je suis si malheureuse que je pleure très bruyamment et que je dois avoir l'air d'un bébé. Mais je ne peux pas m'arrêter.

« Tu sais ce qui ne va pas ? » j'entends Jane demander à Rhona.

Et Rhona : « Ben... Ben... »

J'ai chaud à force de pleurer. Je transpire et je suis toute mouillée. Je lève les yeux et je me remets à essuyer mon visage avec ma chemise et c'est là que je découvre Liz et Eddie.

Et la bicyclette de Liz qui est là, juste en pleine vue ! Je suis épouvantée. Mais ils ne nous voient pas parce qu'ils sont assis sur la pelouse et de dos. L'effroi de les découvrir tarit immédiatement mes larmes. Je sais que si je continue à faire ce boucan, ils vont évidemment se retourner et voir le vélo. Alors je fais la seule chose qui me vient à l'esprit pour tout apaiser. J'inspire très fort et tire mes lèvres pour un grand sourire géant. Sourire que je présente bien en face de Rhona et Jane. Elles sont plutôt étonnées.

« C'est dingue ! » C'est tout ce que Jane est capable de dire. Puis elle regarde Rhona et hausse les épaules. Rhona, pareil.

« Je vous ai bien eues, hein ? » dis-je.

« Ouais, ça tu peux le dire », dit Rhona, l'air de penser : « Quelle tarée ! »

«Bon», je suggère en baissant beaucoup la voix, «peut-être que nous pourrions retourner à la fête ?»

«Tu en es sûre ?» demande Jane, très troublée.

«Bon», dis-je dans une sorte de chuchotement, «marchons plutôt dans cette direction alors.» Moi, je me lève et je pousse un peu Jane et le vélo dans la direction opposée à ma sœur. Mais elle ne bouge pas.

«Ari», dit Jane, «je sais bien que quelque chose ne va pas. Qu'est-ce qui se passe ?»

J'agrandis encore mon sourire. «Rien, je vous jure. Je faisais vraiment semblant.»

«Alors, pourquoi tu chuchotes ?» demande Rhona.

«Quoi ? Je chuchote ?» dis-je en murmurant. «J'ai peut-être une angine.»

«Hé, dis donc, Ari», dit Jane. Je souffre parce qu'elle parle sûrement assez fort pour que Liz entende. Je ne quitte pas des yeux son dos et sa tête mais elle ne se retourne pas. Elle n'a sans doute pas entendu. «A quoi cela servirait d'avoir une meilleure amie si on ne peut pas lui faire confiance ?»

«Je t'expliquerai plus tard», dis-je et je me rends compte immédiatement que c'est une gaffe parce que maintenant Rhona se sent insultée.

«Excusez-moi d'exister !» dit Rhona en reprenant sa veste sur le banc. Elle étouffe de colère.

«Ce n'est pas ce que je voulais dire, Rhona – la seule chose que j'ai voulu dire c'est que je ne pouvais pas en parler maintenant parce qu'il faut que je voie quelque chose d'autre avant. Je t'en aurais parlé plus tard à toi aussi, je te le jure.»

«Plus tard, je serai peut-être occupée», dit-elle avec l'intonation de l'ancienne Rhona.

«Tant pis, ça ne fait rien, ça peut attendre.»

«Ah ouais? Bon, ben, quand plus tard?»

Je ne l'ai même pas priée, vous avez vu? «Ce soir, je t'appellerai.»

«Si je suis chez moi», dit-elle et elle a quand même l'air fâché mais je sais qu'au fond tout va bien. Jamais je n'aurais pu agir comme ça avant ma rencontre avec Jane. J'ai vraiment beaucoup appris rien qu'en la regardant.

Tout en parlant je lance un petit coup d'œil du côté de Liz et d'Eddie. Ils sont toujours assis en se tenant la main et en se faisant des confidences. Si ça se trouve, ils n'ont même pas réalisé qu'ils ne sont pas seuls dans le parc. J'ai de la veine.

«Tiens ma bicyclette une petite seconde, s'il te plaît», dit Jane, «il faut que j'attache mon lacet.»

J'aimerais bien changer de crémerie mais il faut que je tienne la bicyclette. Jane rattache le lacet d'une chaussure et elle se décide à rattacher aussi l'autre. Elle trouve que le nœud est mal fait, alors elle le défait et le rattache. Pendant tout ce temps, je prie pour que ma sœur ne se retourne pas. Heureusement pour moi elle n'en fait rien.

«Venez toutes les deux à la maison avec moi», dit Jane, «je suis absolument certaine qu'il restera du gâteau».

«Je ne peux pas», dis-je, «j'étais censée faire un truc pour ma mère et...» – je vois Liz qui se lève – «et d'ailleurs... je dois rentrer tout de suite à la maison, et, bon, au revoir! On se reverra plus tard.» Je fourre la bicyclette dans les mains de Jane, les yeux fixés sur Liz qui brosse les herbes de ses habits et je recule pour m'écarter de Rhona et de Jane. «Ouais, salut», dis-je, mais je ne les regarde pas. J'ai toujours les yeux rivés sur Liz.

«Attention, Ari!» me hurle Jane, tandis que je recule jusqu'à une grande fontaine en ciment et que mes pieds s'enlisent dans la boue qui l'entoure. A la dernière seconde, je parviens à me raccrocher au bord de la fontaine et je reste suspendue, le dos à trois centimètres du sol.

«Ça va?» Jane assure sa bicyclette et se précipite vers moi. Rhona aussi et toutes les deux me prennent les bras et me soulèvent hors de la boue. Pendant qu'elles viennent à mon aide, je surveille toujours Liz. Et elle ne me voit toujours pas. Elle est encore là, debout, à regarder tout autour d'elle dans le vide. Elle fait d'abord un tour d'horizon vers la droite, bien au-delà de nous, puis doucement, elle commence à tourner les yeux dans notre direction.

Son regard tourne, tourne, et à cette seconde il est presque sur nous. Sauf qu'elle ne nous voit pas parce qu'à cette seconde elle tombe sur le vélo.

Elle l'observe pendant quelques secondes, puis elle se dirige vers lui. Je vois bien qu'elle s'énerve à mesure qu'elle s'en approche.

Maintenant, elle est presque sur la bicyclette et la première chose qu'elle fait c'est de se pencher et de regarder sous le siège.

Tout d'un coup elle saute en l'air et hurle: «Eddie! Eddie!»

Il accourt vers elle.

Jane et Rhona se sont retournées pour voir ce que je regarde et on est là toutes les trois devant ce tableau comme devant une scène de télé.

«Mais dis donc, c'est ta sœur, non?» demande Jane.

Et je réponds affirmativement.

«Qu'est-ce qu'elle fait avec mon vélo?»

Comme je ne peux pas parler, je me contente de hausser les épaules et je secoue la tête.

«Salut», dit Jane, en s'approchant de Liz et d'Eddie.

Liz lève les yeux, reconnaît Jane, puis elle me voit, moi.

«Ari! Regarde! Je l'ai trouvée!» piaille Liz à tue-tête. Elle rigole, elle saute dans tous les sens et se pend à son guidon de tout son poids.

Jane regarde Liz, puis moi, et ses yeux bruns deviennent immenses, puis elle dit d'une voix très troublée: «Ça c'est mon vélo.»

Moi, je hausse les épaules, tout bêtement, et essaie de me glisser derrière Rhona.

Rhona regarde tout le monde comme si on était tous fous. Elle voit bien que quelque chose cloche, mais elle ne pige pas ce que c'est.

«Impossible», dit Liz, «c'est la mienne, je le sais. Je reconnais ma bicyclette quand je la vois.»

«Ben... ben...» Jane fait non de la tête. Puis elle met une main sur le siège et l'autre sur le pare-chocs arrière comme si elle la revendiquait.

A présent, elles tiennent toutes deux la bicyclette. C'est affreux.

«Eddie», dit Liz avec des pleurs dans la voix, «dis-lui que c'est la mienne, tu le sais, toi.»

«Ça lui ressemble indiscutablement. Siège de la même couleur et tout.»

«Je ne comprends pas ce qui se passe ici», dit Jane. Et sa voix recommence à trembler. «Mais je sais que je viens de recevoir cette bicyclette de mes parents aujourd'hui même pour mon anniversaire. Elle est à moi et je la ramène à la maison tout de suite.»

«Ari» – Liz passe la tête de côté pour me voir derrière Rhona – «tu sais que c'est ma bicyclette, dis-le-lui.»

Je m'approche du vélo avec l'air de l'examiner. «On dirait bien la tienne», dis-je à Liz.

Jane me lance un regard horrible.

«Ecoute-moi, Jane», dit Liz d'un ton très adulte. «On m'a volé mon vélo il n'y a pas deux jours...»

«Dis donc», réplique Jane, «ce n'est pas moi qui te l'ai prise ta bicyclette. Je t'ai dit que je l'ai eue pour mon anniversaire.»

«Je ne dis pas que tu l'as prise. Ce n'est pas ce que j'ai voulu dire. J'ai juste voulu te dire que quelqu'un m'a volé cette bicyclette et peut-être que celui qui te l'a offerte...»

Jane est furieuse maintenant.

Elle s'approche d'un pas, tout près de Liz, les mains sur les hanches et d'une voix très fâchée elle dit: «Mes parents m'ont donné ce vélo, et toi tu dis qu'ils l'ont volé?»

«Non», dit Liz. «Je n'ai pas voulu dire cela. Absolument pas.»

«Très bien, tu as voulu dire quoi exactement?»

«Hé, doucement», interrompt Eddie. «Liz n'a voulu dire qu'une seule chose: peut-être que ceux qui l'ont volé l'ont aussi revendu à tes vieux.»

Jane s'avance avec autorité vers Eddie et lui siffle littéralement au visage: «Mes parents n'achètent ni vélos, ni quoi que ce soit à des truands.»

«Et s'ils ne savaient pas qu'ils avaient affaire à des truands?» suggère Eddie.

Jane lui lance un regard glacial. «Tu les prends pour des imbéciles ou quoi? Mes parents connaissent mieux que toi la tête des truands. Ça c'est mon vélo; alors si ça ne t'ennuie pas, tu le lâches.» Pour la première fois, je m'aperçois que Jane va fondre en larmes si cela continue.

«Jane», dit ma sœur, d'une voix très douce, «je n'ai pas du tout l'intention de t'insulter, ni toi, ni tes parents, ni personne. Je crois que ce pourrait être mon vélo et nous devrions tirer les choses au clair parce qu'il est possible que quelqu'un se moque de nous. Cela t'irait si j'appelais tes parents et si je leur demandais où ils ont acheté le vélo?»

«On est en démocratie – appelle qui tu veux.»

«Ecoute, franchement», dit Liz, «ne te fâche pas. Tout cela m'est très pénible à moi aussi.»

«Ouais, bon, tu ne devrais pas dire aux gens que leurs parents sont des voleurs, tu sais.»

«Je regrette que tu penses cela, parce que ce n'est pas

ce que j'ai voulu dire», répond Liz et je vois bien qu'elle regrette pour de bon.

A force de vouloir savoir à qui appartient le vélo, tout le monde semble m'avoir oubliée. Nous nous dirigeons vers la cabine téléphonique et je ne sais pas avec qui me mettre. Pour le moment personne ne s'inquiète de savoir *comment* on a volé le vélo. Rhona sait que je l'ai eu dans le parc, mais jusqu'à présent, elle n'a pas pipé; j'ai comme l'impression qu'elle sait que j'aurais de gros ennuis si elle en parlait à quelqu'un. Elle doit le voir à l'expression de mon visage. Je lui lance un regard et la surprends qui m'observe. Je détourne vivement les yeux.

Pendant ce temps, Jane a appelé chez elle et c'est sa mère qui répond.

«Maman...» Sa voix tremble. «Ma..., non, ça va... C'est juste que... bon... non, je te jure, je n'ai rien. Seulement la sœur d'Ari dit que c'est son vélo... bon, mon vélo. Elle dit que c'est le sien parce qu'on lui a volé le sien. Elle dit qu'elle le reconnaît. Et tout le monde dit que ce vélo ressemble au sien. Même Ari.»

Nous n'entendons pas ce que dit sa mère, mais nous voyons Jane approuver et elle regarde Liz.

«Oui, d'accord maman», dit Jane à sa mère, puis à Liz: «Ma mère dit qu'ils ont acheté le vélo hier et qu'ils ont le reçu. Et elle pense que la seule chose à faire c'est de retourner tous ensemble chez le marchand pour aller au fond du problème.»

«D'accord», dit Liz. «Je téléphone aussi à mes parents. Il s'appelle comment ce magasin?»

Jane demande à sa mère qui lui répond: «Reinhardt.» Grave. Mais je m'y attendais. Tant pis, ça ira. M. Reinhardt m'a à peine regardée et d'ailleurs peut-être que personne ne voudra savoir comment le vélo a été volé au départ. J'espère.

Liz appelle maman et lui raconte toute l'histoire. Elle répond qu'elle va avertir papa au bureau et qu'ils nous retrouveront dans un quart d'heure chez Reinhardt.

Nous partons en file indienne vers la huitième rue, on passe devant la cafétéria Delmonte (je jette un coup d'œil pour voir si Bucky s'y trouve – il n'y est pas). On est comme deux équipes adverses avec Jane et Rhona d'un côté et Liz et Eddie de l'autre, et moi essayant de rester quelque part au milieu. Au bout du compte, je n'y tiens plus et je finis par défiler avec Liz et Eddie. C'est ma sœur tout de même.

Je voudrais que le chemin soit plus long. Qu'il dure quatre ans, au moins, parce que pour moi, tout risque de s'écrouler en arrivant au magasin. On éclaircira sûrement la manière dont le vélo a été volé et ce sera terrible. Liz se mettra à hurler après moi et même Eddie me haïra à cause de cette chose horrible qui a failli lui arriver.

Et la police aussi va se fâcher car je leur ai menti. Et peut-être m'arrêteront-ils. Si ce sont les mêmes policiers qu'hier ils m'arrêteront à coup sûr. Qui sait, ce ne serait pas si dramatique. Au moins je ne serais pas obligée de rentrer à la maison avec Liz. Elle ne me pardonnera jamais, ça je le sais. Et bien entendu, plus personne ne me fera encore confiance. J'en suis très triste – je veux dire l'idée que tout le monde pense que vous mentez tout le temps. Rien que l'idée, ça me fait mal au ventre.

Jane me méprisera éternellement. Elle ne sera plus jamais mon amie. Jamais.

C'est une étrange balade. Personne ne parle vraiment. Jane est complètement bouleversée. J'imagine qu'elle doit s'inquiéter de ce qui pourrait arriver à ses parents s'ils ont vraiment acheté une bicyclette volée. Rhona aussi est très silencieuse. Jamais encore je ne l'avais vue si silencieuse.

Vous imaginez ce que peut être l'angoisse d'être impliqué dans un crime avec intervention de la police? Cela n'a rien à voir avec une bêtise que vous auriez faite chez vous pour laquelle vous seriez consigné à l'intérieur, ou quelque chose dans le genre. Mais la police peut vous envoyer *en prison.* Et vous devez y *rester.* Même si vous demandez dix mille fois pardon, cela ne fera strictement aucune différence.

Je n'avais pas réalisé à quel point il faisait chaud. Le soleil couchant nous cuit, les rues sont sèches et poussiéreuses. La sueur de la chaleur ajoutée à la sueur de l'angoisse font de vous un personnage crasseux et informe.

Et mon tee-shirt est tout dégoûtant depuis le moment où je pleurais. J'ai sûrement déjà l'air d'un gangster.

Etre un gangster doit vous rendre très triste tout le temps. Ces deux jours sont les pires de toute ma vie et je ne suis qu'un gangster débutant.

15

Lorsque nous débouchons au coin de la rue, près du magasin de vélos, un taxi arrive et la mère et le père de Jane en sortent. Jane se précipite vers eux. Et bien que je ne puisse pas bien entendre ce qu'elle dit, les deux parents ont l'air choqués et furieux.

Tout le monde se salue rapidement et je vois bien, à la façon dont M. et Mme Richardson me regardent, qu'ils ne savent plus s'ils m'aiment autant que tout à l'heure. Peut-être qu'ils ne pensent pas du tout à cela.

Peut-être qu'ils me détestent.

Jane tient son vélo mais Liz reste tout près. Je ne pense qu'à une seule chose, devenir invisible. M. Richardson se dirige vers la bicyclette et l'inspecte.

«Bon, c'est indiscutablement celle que je t'ai achetée, Jane», lui dit-il. «Et c'est bien dans cette boutique. Charles nous a aidés à la choisir.» Comme il désigne le magasin de la tête, je me retourne et je vois M. Reinhardt debout derrière la caisse enregistreuse, qui nous observe à travers la vitrine. Il n'a l'air ni étonné, ni inquiet. Il regarde sans rien dire.

Une minute ou deux plus tard, ce sont mes parents qui débouchent du coin de la rue et qui nous voient – et je n'en crois pas mes yeux! Une voiture de police s'avance et s'arrête devant nous. Ce sont les deux ignobles policiers, ceux qui sont venus chez moi. J'ai le cœur qui bat la chamade. Que font-ils ici ?

Liz fait les présentations. Les parents de Jane et les miens se serrent la main et ma mère dit: «Quand Liz m'a annoncé qu'elle avait retrouvé son vélo, j'ai appelé la police pour prévenir. Ils ont dit qu'ils voulaient venir ici pour constater l'identification.»

«Très bien», dit M. Richardson. «Je suis très heureux de voir la police ici, mais je crains que Liz ne se trompe lourdement. Ce n'est pas son vélo, c'est celui de ma fille.»

«Eh bien, s'il s'agit effectivement de cet objet», dit mon père en tournant autour du vélo et en l'examinant très attentivement, «je crains que quelqu'un ne vous ait vendu une bicyclette volée, M. Richardson. C'est le vélo de Liz. Je mettrais ma tête à couper. La question qui se pose c'est: qu'allons-nous faire à présent ?»

Les policiers sont sortis de leur voiture. Ils nous ont rejoints. Ils ne me regardent même pas. Tout le monde se présente aux policiers et personne, absolument personne, ne me regarde. Même pas Rhona qui les contemple fascinée, les yeux exorbités. Et moi qui suis *à l'origine* de cette catastrophe !

Dans combien de temps vont-ils tout découvrir ?

A part Eddie, qui reste un peu à l'écart, le plus loin possible des policiers, tous les autres font cercle et bavardent comme s'il n'y avait pas de problème.

C'est vraiment dingue. S'il n'y avait pas la police vous pourriez parfaitement croire que ce sont deux familles, des voisins de porte, ou une chose du même style, qui se sont rencontrés dans la rue en se baladant et qui échangent des banalités. Les parents de Jane et les miens ont à peu près le même âge et ils sont habillés de la même façon. Les mères en jeans et tee-shirts et les pères en costumes gris. Mais il y a les policiers – à cause de moi, uniquement. Et les passants nous regardent et ils savent tous qu'il doit y avoir un problème. Il commence à faire chaud et moi, je transpire de plus en plus. Je voudrais pouvoir rentrer à la maison.

Je m'oblige à les écouter. Le sergent Fitzroy annonce à la cantonade: «Eh bien, peut-être pourrions-nous commencer par faire un saut chez notre vieux copain Otto.»

Il fait un signe de tête en direction de la boutique de Reinhardt. «Otto est une vieille connaissance. Il tenait un commerce de voitures d'occasion à l'ouest de la ville, il y avait des voitures volées et repeintes qui avaient un peu trop tendance à venir échouer sur le parking de notre vieil Otto. On l'a embarqué au commissariat – combien de fois Bill – cinq ou six? – avant qu'il ne se retire des affaires.»

Il s'appelle Bill, c'est pas vrai! Un nom drôlement sympa pour un flic aussi salaud.

«Et maintenant, il est dans les vélos», dit le sergent Fitzroy, «et ces derniers temps, il y a toute une épidémie de vols de bicyclettes. On le tient à l'œil ce vieil Otto, mais il n'est pas fou. C'est un rusé. Il sait y faire. On va voir s'il a encore un atout dans sa manche.»

Tout le monde se retourne, même Eddie, et entre dans le magasin de vélos de Reinhardt.

Je me débrouille pour entrer la dernière. Je n'ai pas aussi peur que samedi. Il y a mon père, les policiers et tout le monde. M. Reinhardt ne peut pas me frapper ou crier. Ce qui me fait tout de même peur, c'est qu'il pourrait me reconnaître, il va certainement poser des questions entraînant d'autres questions et je ne crois pas pouvoir tenir le coup très longtemps. Je murmure, mais à personne en particulier: «La vache, il fait chaud ici.» Et je relève mes cheveux en queue de cheval avec un élastique que j'ai toujours sur moi, comme si j'essayais de me rafraîchir. En réalité j'essaie de me transformer. Je ne pense pas que cela va marcher mais ça vaut au moins la peine d'essayer. Ce que j'aimerais avoir une paire de lunettes à me mettre!

«Eh bien, Otto», dit le sergent Jones, jetant par-ci par-là un regard sur les vélos du magasin et examinant certaines étiquettes de prix, «je vois que vous avez beaucoup de modèles. Les affaires marchent apparemment.»

«Qu'est-ce que vous venez faire ici, Jones?» demande M. Reinhardt d'une voix grincheuse. «Qu'est-ce qui se passe encore?»

«Qu'est-ce que tu vas t'imaginer, Otto?» dit le sergent Fitzroy. «Pourquoi ce ne serait pas juste une visite amicale? Qu'est-ce qui se passe? Tu as quelque chose sur la conscience?»

Nom d'une pipe, c'est comme une vraie enquête policière, comme lorsqu'il y a un suspect à un show télévisé et que tous les flics le cuisinent. C'est si excitant que j'oublie que c'est moi le criminel recherché.

«Vous ne faites jamais de visites amicales, les mecs», répond Reinhardt aux policiers. «Ces gens ont un dossier contre moi, ou quoi?»

M. Richardson prend la parole. «Pas vraiment, M. Reinhardt», dit-il. «Ma femme et moi avons acheté ce vélo chez vous hier pour l'anniversaire de ma fille qui a eu lieu aujourd'hui. C'est mon fils qui l'a choisi. Je suis sûr que vous vous souvenez.»

«C'est vrai», dit M. Reinhardt.

M. Richardson sort le reçu. «Et voici le reçu que vous m'avez donné. Il s'agit bien de ce vélo, n'est-ce pas? Il n'y a pas de doute possible?»

«C'est bien ce vélo-là», dit M. Reinhardt, le regardant à peine. «Deux cent trente dollars.»

Liz fait entendre une petite voix: «C'est ma bicyclette, dis-leur, Eddie.»

«Je reconnaîtrais ce vélo entre mille. C'est moi qui ai fixé la selle», dit Eddie. Et il s'approche tout près de Liz comme pour la protéger. Je ne comprends pas comment il peut l'aimer à ce point.

M. Reinhardt la regarde une minute puis il se tourne vers les policiers et finalement, il me regarde, moi. Puis, comme s'il m'assénait un coup de massue sur le crâne, il m'adresse directement la parole: «C'est elle ta sœur?»

Tout le monde tourne les yeux vers moi. Je mourrais. Je déglutis une fois ou deux et je réponds. «Oui.»

«Hé, mais qu'est-ce que c'est que cette histoire?» demande Liz.

Elle fronce les sourcils en me regardant. «Comment sait-il cela?» demande-t-elle.

«Elle est venue ici, samedi, en braillant comme une folle qu'on avait volé la bicyclette de sa sœur», dit M. Reinhardt.

Il regarde le sergent Fitzroy. «Qu'est-ce que c'est, tu t'occupes du jardin d'enfants, Fitz? Allez, sors-moi ces gens d'ici. J'ai à faire.»

«Un instant, M. Reinhardt», dit ma mère, «nous avons un sérieux problème de propriété, et nous tenons à le régler.»

Il allait répondre, mais Liz me regarde intensément depuis un moment, et brusquement elle me demande: «Qu'est-ce que tu faisais ici?»

La façon dont elle le dit m'effraie. «J'essayais de retrouver ton vélo», je réponds.

«Ce n'est pas ce que je voulais dire. Je veux dire: pourquoi t'occupes-tu tellement du vol de ma bicyclette? Tu n'aurais jamais levé le petit doigt pour moi si tu n'y étais pas obligée, alors pourquoi cette passion soudaine pour ma bicyclette?»

Du regard, j'appelle les parents au secours. Mais sans doute sont-ils aussi curieux qu'elle de ma réponse.

«Je ne sais pas», dis-je, «je voulais juste aider.»

«J'en suis persuadé», dit mon père, «mais pourquoi es-tu allée dans cette boutique précisément?»

Comme je ne sais pas quoi dire, je hausse les épaules.

A présent, ma mère me regarde d'une façon très bizarre. «Papa a raison», dit-elle. «C'est au moins à quinze bonnes minutes de marche de la maison. Que faisais-tu dans ce quartier, de toute façon?»

«Maman, elle sait quelque chose qu'elle ne dit pas.»

« Tu vas me laisser tranquille ! » je crie presque à Liz. Elle me fait toujours aussi peur, mais cela m'est égal.

« Faites sortir ce cirque de chez moi ! » dit M. Reinhardt aux policiers.

« Allons, t'énerve pas », réplique le sergent Fitzroy, « personne ne bouge tant que nous n'aurons pas tiré au clair quelques petites choses. »

Liz me lance des regards flamboyants. « J'aimerais savoir comment cette bicyclette a été volée », dit-elle. « C'est ça que j'aimerais savoir. »

Maintenant, Rhona intervient. « Je crois que c'est moi qui suis à la base de tout cela », dit-elle doucement. « Je ne savais pas que cela allait se terminer avec la police et la dispute générale. » Elle me regarde. « Et je ne voulais pas créer tous ces problèmes à Ari. C'est une bonne copine. En plus, jamais je n'ai vu quelqu'un pleurer comme ça. »

Voilà autre chose. Qu'est-ce qui lui prend ? Elle devient une super-copine tout d'un coup ! Maintenant tout va apparaître. Ça commence et je ne peux rien arrêter. J'ai les yeux rivés sur mes doigts de pieds. Je sens tous les regards sur moi. On n'entend plus rien du tout. Je crois qu'ils attendent que je parle. Moi, je ne dis rien. Finalement je risque un coup d'œil. Liz regarde mes parents et elle se tourne vers moi. Ensuite du côté de Rhona.

« Quel rapport peux-tu avoir avec ça ? » demande-t-elle à Rhona.

Elle est vraiment paumée.

« Eh ben, je crois que tout a commencé quand tu as dit que tu me prêtais la bicyclette et je n'ai pas cru Ari quand elle a dit que des gosses l'avaient volée. Mais maintenant je sais que c'était vrai.»

«Attends une seconde», dit Liz. «Qu'est-ce que ça veut dire – quand j'ai dit que je prêtais la bicyclette ? Je ne t'ai jamais prêté ma bicyclette.»

«Mais Ari a dit qu'elle allait te l'emprunter pour que je puisse l'avoir pour la course de l'école. N'est-ce pas ce que tu m'as dit, Ari ?»

Jane me regarde attentivement. Ses parents aussi. Et Eddie de même. Même les policiers attendent une réponse. C'est comme si tout le monde s'intéressait plus à moi qu'à la capture du véritable voleur, ce chien de Bucky.

Liz fait volte-face vers moi. «Alors, petite morveuse», me lance-t-elle hargneusement. «C'est toi qui as pris ma bicyclette. Je te tuerai !»

Et elle fait une grande enjambée vers moi, mais mon père s'interpose.

«Papa», braille Liz, «elle a pris mon vélo !»

J'ai tellement la frousse de ce qui va arriver, que je me mets à pleurer. Et tout à coup, je n'en crois pas mes yeux ! Rhona devient toute rouge et ses taches de rousseur deviennent des plaques, elle se met à chialer aussi et elle dit : «Attendez, n-n-n-e soyez pas fâchés contre Ari, c'est entièrement ma faute.» Elle sort cette espèce de foulard, on dirait un torchon de cuisine, et se mouche. «Je fais toujours des idioties pareilles», poursuit-elle. «Je l'ai pratiquement sommée de me procurer le vélo de Liz – et maintenant j'ai honte.»

«Bon, maintenant essaie d'arrêter de pleurer, ma petite fille», lui dit ma mère, et elle caresse les cheveux de Rhona.

«Toi aussi, Ari», ajoute-t-elle.

Mais Rhona ne peut plus s'arrêter. «J'ai tellement peur que personne ne m'aime que je les *oblige* à m'aimer – c'est comme si je disais à tout le monde: *Vous avez intérêt à m'aimer, sinon!* C'est tellement bête. Mon Dieu, j'aimerais tellement avoir une sœur et je pourrais avoir ma meilleure amie dans ma propre famille!»

«Ah!» dit Liz. «Ari n'est certainement pas ma meilleure amie. Et l'idée même de lui prêter ma bicyclette est une absurdité. Jamais!»

«Et pourquoi pas?» C'est Jane qui pose la question.

«Toi, tu ne t'en mêles pas», dit Mme Richardson à Jane. «Cela n'a rien à voir avec notre problème et nous ne trouverons pas plus vite de solution. Il est bien évident que toi et Liz Jacobs vous êtes toutes les deux propriétaires de la bicyclette et qu'il faut faire quelque chose.»

J'avais presque oublié que nous étions ici pour cela. Je ne fais que pleurnicher et sangloter et j'essaie de ne rien dire parce que, quoi que je dise, ce sera mal et je le regretterai pour le reste de mes jours bien que je ne pense pas pouvoir regretter plus fort que maintenant.

Ma mère me tend un Kleenex et je me mouche. J'ai l'impression d'entendre une oie crier. Je suis dans mes petits souliers.

«Mais maman», dit Jane, et de fait elle regarde Liz, «pourquoi les sœurs ne devraient pas se prêter des choses parfois? Si Jackie ou Regina voulaient m'emprunter mon vélo pour une occasion spéciale, je le leur prêterais.»

«C'est vrai», dit ma mère en s'adressant à Liz, «comment se fait-il que tu ne puisses prêter ton vélo à ta propre sœur?» Elle est un peu en colère et je regarde Liz pour voir ce qu'elle va répondre.

«Parce que», dit Liz, «c'est une peste. Et... et...»

Oh, mon Dieu, j'ai l'impression qu'elle va se mettre à chialer elle aussi maintenant.

«...et tu es toujours tellement plus gentille avec Ari qu'avec moi, c'est tellement injuste comme tu la favorises, parce qu'elle est la plus jeune et...» Mais elle ne peut pas continuer parce que là, c'est cuit, ce sont les larmes. On se croirait à un enterrement.

«Eh bien, ce n'est pas vrai du tout», dit ma mère à Liz. «Je suis étonnée de t'entendre dire une chose pareille. Tu sais que je vous aime autant l'une que l'autre. On en reparlera à la maison, mais je veux que vous sachiez que je n'aime pas ce genre d'égoïsme et que je ne l'accepterai pas. Si Ari n'avait pas eu peur de demander le vélo, peut-être que tout ceci ne serait jamais arrivé. Et pour dire vrai, je ne suis pas absolument sûre de comprendre ce qui s'est réellement passé. Ariane, il va falloir que tu expliques quelques petites choses, à mon avis.»

Je m'exécute. Je leur raconte toute l'histoire, avec tous les détails. Je veux dire, toute la vérité sur Rhona, et comment j'ai chipé le vélo pour la course et le coup du vieux monsieur dans le parc, et Bucky, et l'autre môme. Je leur parle aussi de la grand-mère de Bucky et du garçon du bowling qui m'a dit que Bucky traînait souvent du côté de chez Reinhardt.

Lorsque je cite M. Reinhardt, le sergent Jones va vers la porte et la referme. «Tiens, tiens, Otto», dit-il. «Quelle drôle de coïncidence.»

«Ecoute, Johnny», répond M. Reinhardt au sergent. «Bouclez-moi ou foutez le camp d'ici et emmenez vos amis avec vous. Vous n'avez rien contre moi, rien. J'ai vendu ce vélo à ces gens hier, et ils ont le reçu. Je ne sais rien sur le vélo de l'autre gosse. Vous ne pouvez rien prouver contre moi et si vous ne foutez pas le camp tout de suite, je vous poursuivrai devant le préfet de police pour abus de pouvoir.» Il se tourne vers mon père. «Si vous m'accusez de vendre une bicyclette volée, déposez une plainte et je vous mettrai mon avocat sur le dos avant que vous ayez eu le temps de dire ouf. Je vous prendrai jusqu'à votre dernier sou.»

Il est tout rouge et respire bruyamment. On dirait que personne ne sait quoi faire. Mes parents et les Richardson sont plantés là. Ils ont acheté le vélo tous les deux, mais on ne sait pas qui y a droit. On ne peut tout de même pas laisser filer une bicyclette aussi chère que ça. C'est un véritable casse-tête que personne ne peut résoudre et c'est entièrement ma faute.

Les deux agents de police allaient nous reconduire gentiment vers la sortie et quand ils s'approchent de la porte, je regarde à l'extérieur et pratiquement devant le magasin, marchant tout droit vers l'entrée, voilà cet ignoble gamin.

Le voleur. Cette pourriture de Bucky!

16

Il me jette un seul coup d'œil, fait demi-tour et se met à courir. Je me fraye un passage entre les jambes des policiers et je lui vole après aussi vite que je peux.

Aucun de nous deux ne peut aller très vite parce que la rue est bondée. Il se faufile entre les passants, essayant de ne pas se cogner. Je suis sur ses talons avec la ferme intention de lui mettre la main dessus même si c'est le dernier geste de ma vie parce que je suis tellement en colère. La seule chose qui m'intéresse c'est d'attraper ce pourri de Bucky et de lui défoncer la tête.

Il manque de trébucher sur un bébé dans sa poussette et cela me donne l'occasion de raccourcir la distance qui nous sépare. Ce que je fais et je ne suis pas encore essoufflée.

Il se retourne pour voir si je suis encore là et s'écrase littéralement sur une grosse dame qui se met à l'engueuler en hurlant. Puis son mari, ou quelqu'un du même style, lui attrape le bras et c'est l'instant de la capture.

Je suis presque sur lui quand il libère son bras de toutes ses forces et tourbillonne autour d'une autre dame. L'espace d'une seconde, on ne le voit plus et il réapparaît à cinquante centimètres de moi. Sa chemise vole loin de son dos et assez près de moi pour que je puisse l'attraper et je l'ai presque, mais elle me glisse des doigts.

Nous tournons le coin de la rue. Il n'y a plus autant de monde et il accélère le rythme. Il faut que je l'attrape maintenant, ou il va m'échapper. Nous nous cognons dans un autre groupe de gens devant le métro. Il ralentit pour les dépasser et je suis presque à sa hauteur. A ce moment-là, et c'est peut-être ma dernière chance, je plonge avec toute la force dont je suis capable, comme si je me jetais à l'eau. Je fais un vol plané sur ses jambes et atterris exactement dessus. Je les saisis de toute ma force, et je le sens qui bascule. Il est à terre, moi aussi, mais je le tiens. Je serre les dents et je m'accroche. Je sens qu'il essaie de me repousser avec ses pieds mais je le serre encore plus fort et jamais je ne céderai. Jamais !

Il se rétablit d'un balancement en position assise, me donne des coups de poing sur la tête en m'insultant et ça fait un mal de chien. Je ne peux pas me protéger à moins de lâcher ses jambes. D'abord j'essaie de le maintenir d'un seul bras, mais il me repousse du pied et je dois lâcher ses deux jambes. J'essaie d'attraper son bras, mais ne peux le maintenir au sol parce qu'il est trop fort pour moi. Il me balaye hors de son chemin et tente de se relever quand soudain – *boom !*

Un truc énorme atterrit en plein sur sa poitrine et l'aplatit à nouveau, avec un horrible son mou.

J'ai un pied sur la figure. Je me dégage pour me relever et regarder, et la voilà, c'est géant ! Ma deuxième meilleure amie à moi, Rhona Finkelstein. Et mon Dieu, elle lui en fait voir à Bucky ! Elle le tient couché sur le sol, lui maintenant bras et genoux, une de ses mains tient la tête par les cheveux et l'autre repousse son menton si loin qu'il ne peut absolument plus bouger.

D'autant plus que Jane est assise sur ses jambes.

Je n'avais vu ni l'une ni l'autre, moi, mais maintenant nous avons Bucky, nous trois, et il est fait. Fait comme un rat. En fait il est si rouge, si terrorisé que j'ai l'impression qu'il va pleurer, chose que j'aimerais voir parce que toute cette sinistre pagaille est de sa faute.

«Tu as pris mon vélo», je lui hurle en plein sur son visage en sueur: «Espèce de rat puant pourri!»

«Ce n'est pas vrai!» dit-il.

«Si, c'est toi! Menteur!»

«Non.»

«Tu t'expliqueras avec la police», dit Jane.

«Ouais», dit Rhona. «On te ramène à la police.»

«Eh non, je vous en prie ne faites pas cela», dit Bucky et maintenant il pleure pour de bon. «Ce n'est pas ma faute. Il nous a forcés.»

«Qui cela?» je lui demande.

«Reinhardt. Le type qui tient le magasin de vélos.»

On se regarde toutes les trois bouche bée. «Oh, mon Dieu!» dit Jane.

Rhona louche d'un air suspicieux et se penche à quelques centimètres de la figure de Bucky. «Comment pourrait-on te forcer à voler quelque chose si tu ne le veux pas?»

«Il l'a fait!» glapit Bucky. «Je le jure!»

«Ah oui? Et comment ça?»

«Laissez-moi me relever et je vous le dirai.»

«Pas question», dit Rhona, repoussant la tête de Bucky encore plus fort. «Je veux savoir *maintenant.*»

«D'accord, d'accord… Mais lâchez mes cheveux.»

Rhona libère un peu ses cheveux et il commence à nous raconter comment il a volé le vélo. Sauf que maintenant il pleure vraiment fort et Rhona le lâche pour qu'il s'essuie les yeux.

«Un jour Reinhardt nous a attrapés, moi et mon copain, Georgie Harris», dit-il. «On faisait les cons et on a volé les phares de ses bicyclettes. Il nous a pris et comme il connaissait nos noms, il voulait appeler la police et nous faire arrêter. A moins qu'on fasse ce qu'il disait. Au début, il nous a demandé de faire de petites choses comme de voler des pièces, des phares ou des klaxons et ce genre de choses. Et il nous paierait. Je ne sais pas, un ou deux dollars. Et la semaine dernière, il a fallu qu'on vole des bicyclettes tout entières. On lui a dit qu'on ne voulait pas, mais il a répondu que si nous ne le faisions pas il nous donnerait aux flics. Il avait même un témoin parce que ce type ici, qui répare les vélos, était prêt à dire qu'on avait volé des bicyclettes et qu'il nous avait vus. Voilà, c'est comme cela qu'on a volé votre vélo.» Ces derniers mots m'étant adressés.

«Tu vas aller raconter ça à la police», dit Rhona, «tout de suite.»

Bucky se remet à pleurer. «Je ne peux pas… Reinhardt, il va m'envoyer en prison.»

«Tu nous laisses nous occuper de M. Reinhardt. Lui, c'est notre affaire», dit une voix venant de derrière nous. Ce sont les sergents Fitzroy et Jones, ils sont avec mes parents et ceux de Jane.

M. Richardson aide Jane à se relever et puis c'est au

tour de Rhona qui émerge d'au-dessus de Bucky. Enfin, Bucky se lève. Il détourne un peu la tête pour qu'on ne le voie pas s'essuyer les yeux.

Il sait que tout le monde a entendu ce qu'il a dit à propos du vol de bicyclettes et surtout les policiers.

Il les regarde et demande d'une petite voix : « Vous m'arrêtez ? »

« Peut-être », dit le sergent Jones. « Cela dépend. Tu attends une minute ici, et tu ne bouges pas. »

Les deux policiers s'éloignent de quelques pas et parlent à voix basse. J'aimerais bien savoir ce qu'ils disent mais ils chuchotent. Une fois ou deux, ils regardent Bucky. Puis ils reviennent.

« Serais-tu disposé à dire à un tribunal que Reinhardt t'a contraint à voler ce vélo ? » demande le sergent Fitzroy à Bucky.

« Contraint ? »

« Qu'il t'a menacé. »

Bucky a l'air mal à l'aise. « Vous voulez dire que je devrai aller au tribunal ? »

« Peut-être que oui, peut-être que non », dit le sergent Jones. « Mais si nous pouvons compter sur ton témoignage, nous pouvons tous retourner chez Otto et avoir une petite conversation avec lui. J'ai l'impression qu'Otto au grand cœur va nous aider à résoudre cette grosse embrouille. »

Nous nous remettons en route en direction de chez Reinhardt. Nous restons dehors lorsque Bucky et les deux policiers entrent dans le magasin. Ils ferment la porte et on n'entend pas ce qu'ils disent, mais on les voit.

Et M. Reinhardt tempête, peste et secoue la tête. Je le vois crier après Bucky et au bout d'un moment, Bucky relève la tête et se met à crier après M. Reinhardt à son tour. Puis le sergent Fitzroy pose la main sur le bras de M. Reinhardt et le pousse vers la porte. Je vois M. Reinhardt disant le mot: «Attendez!» Encore quelques palabres et on dirait que M. Reinhardt pousse un grand soupir et approuve.

Le sergent Jones marche vers la porte et nous fait signe d'entrer. «Eh bien», dit-il, «on dirait que l'affaire de la bicyclette volée est close. Raconte à ces charmantes personnes ce que tu vas faire, Otto.»

M. Reinhardt grince des dents mais ne dit rien.

«Dis-leur, Otto.» Cette fois-ci la voix du sergent Jones est franchement tranchante.

«D'accord, d'accord.» M. Reinhardt fait le tour du magasin des yeux, regardant les différents vélos. Puis il dit à M. Richardson: «Je n'avoue rien, vous savez, mais vous avez payé pour avoir une Peugeot neuve, alors vous en méritez une. Que pensez-vous de cette bicyclette verte à dix vitesses là-bas?»

«Je ne sais pas», dit M. Richardson. «Elle est pas mal. Je la trouve bien, en ce qui me concerne. Et toi, Jane?»

Jane regarde la bicyclette. Elle l'inspecte. C'est exactement la même que celle de Liz. Même marque et tout. Seulement, elle est verte. «M'a l'air bien, papa», dit Jane. «Et j'adore la couleur, aussi.»

«Elle est à toi, ma puce», dit le répugnant M. Reinhardt.

«Est-ce que je peux, papa?» demande Jane.

«Qu'en pensez-vous, sergent Fitzroy?» demande M. Richardson au policier.

«Et ce vélo-là revient aux Jacobs?» demande le sergent Fitzroy à Reinhardt.

«Bien sûr», dit-il. «Il appartient à cette petite fille, n'est-ce pas?»

«Oh, la vache», dit Liz, «il en fait trop!»

Mais Jane et Liz sont si heureuses de leurs vélos qu'elles se font des sourires et se mettent à rigoler.

«Eh bien, on dirait que les choses s'arrangent. Vous ne trouvez pas?» demande M. Richardson à mon père.

«Très chouette», dit mon père et ils se serrent la main. «Il faudra qu'on en reparle un de ces soirs à dîner. Qu'en pensez-vous?»

«Passez-nous un coup de fil quand vous voudrez», dit M. Richardson. «Nous serons ravis.»

«Pour que nous soyons tous quittes», dit le sergent Fitzroy, «Bucky a – euh – s'est désigné comme volontaire pour travailler deux après-midi par semaine au Service social de la police. Lui et son pote, le môme Harris, pas vrai, Bucky?»

Bucky hausse les épaules et approuve. «Il nous faudrait aussi des types plus vieux, pensez-y», dit le sergent Jones à M. Reinhardt. «Et surtout des hommes d'affaires respectés comme vous. Qu'en dites-vous, Otto?»

«Je suis un homme très occupé...»

«Otto...»

«Mais jamais trop occupé quand les enfants ont besoin de moi.» Il grince des dents de nouveau.

«Alors», dit le sergent Fitzroy, «que je sache, il n'y a

pas eu délit dans cette affaire.» Il me regarde moi. «Il n'y a pas eu délit, Ari, tu comprends?»

Je voudrais l'embrasser.

Comme nous quittons tous le magasin, Liz est si excitée d'avoir retrouvé son vélo qu'elle ne peut s'empêcher de sourire à tout le monde, et même une fois, accidentellement, à moi. Eddie sourit, Jane sourit elle aussi. Elle était vraiment inquiète, pas seulement de perdre son vélo mais pour ses parents qui auraient acheté un objet volé.

Je suis heureuse de m'être trompée à propos de son frère. Jusqu'à présent, tout s'arrange bien, même avec tous les parents. Ils sont si copains! On dirait qu'il y a des années qu'ils se connaissent. Et Rhona et Jane sont comme deux meilleures amies aussi, ce que je n'apprécie pas spécialement parce que Jane est plutôt mon amie à moi – du moins, elle allait le devenir avant que tout ceci n'arrive.

«Tu peux encore participer à la course?» demande Jane à Rhona.

«Bof», dit-elle. «De toute façon, je n'ai pas de vélo.»

«Mais si, bien sûr.»

«Ah ouais, comment?»

«Je te prêterai le mien.»

Il s'avère que si on se dépêche, elle pourrait arriver à faire cette course. Rhona saute sur le vélo de Jane, Liz sur le sien et elles s'élancent dans la direction du parc. Nous, on saute dans l'un de ces grands taxis à damiers noir et blanc et vous devriez voir la tête du chauffeur quand on s'y entasse à sept. Mais ma mère lui explique la course ; et comme c'est un type gentil et que nous ne sommes qu'à quelques pâtés de maisons, il nous conduit à l'entrée du parc où est tracée la ligne de départ. Nous arrivons avant Rhona et Liz qui sont là une ou deux minutes plus tard. Rhona se met sur la ligne de départ et nous acclamons tous comme des fous. D'autres enfants de l'école sont là et ils deviennent dingues quand ils voient Rhona.

La course fait dix fois le tour de l'allée extérieure du petit parc. Il y a à peu près vingt-cinq enfants dans la course. Rhona est fantastique et elle a la plus belle et la plus neuve des bicyclettes.

« A vos marques, prêts, partez ! » Et le peloton décolle comme un éclair. Rhona a une allure folle. Jane me prend la main et saute dans tous les sens en hurlant, moi aussi, et c'est terrible parce qu'on va être les meilleures amies en fin de compte.

17

Rhona fit la course sur le vélo de Jane et elle se classa quatorzième. Ce n'était pas grave de toute façon car tout s'était tellement bien terminé. Nous avions récupéré les vélos. Tous les parents étaient contents et Jane et moi redevenues les meilleures amies du monde.

Après, nous sommes tous restés dans les parages en nous partageant des tours de vélo, même les parents. Jane m'a laissé monter sur le sien, parce que Liz n'allait tout de même pas me pardonner d'un seul coup et d'ailleurs, elle ne prête jamais.

Mais ça ne faisait rien, parce qu'au moment de rentrer Jane et moi nous étions donné des rendez-vous pour dormir et même Rhona était prévue pour certains soirs. Les parents avaient dit très bien, et c'est tout ce qui comptait de toute façon.

En rentrant, on est tous allés à la cuisine, on s'est assis autour de la table et mon père s'est mis à parler de toute l'histoire et il a dit que bien que tout se soit bien terminé, ce que j'avais fait était très vilain.

«Tu le sais, n'est-ce pas?» demanda ma mère.

«Je le sais, maman et je te demande vraiment pardon. Je te jure sur ma tête que jamais de ma vie je ne referai une chose pareille.» Je leur raconte que ces derniers trois jours ont été les plus merdeux de ma vie. «J'étais si triste que je ne pouvais m'empêcher d'y penser et j'étais juste capable de pleurer et pleurer encore.»

«Ça ne te changeait pas tellement!» dit Liz et je savais qu'elle était un peu méchante parce qu'elle était encore un peu fâchée.

«Je te demande pardon de tout mon cœur, Liz», lui dis-je, «je te promets que je ne t'emprunterai plus jamais quoi que ce soit sans te le demander.»

Ensuite, j'ai dit à Eddie que je regrettais et il a eu une réaction très gentille. Il a dit que c'était surtout le flic. «Il n'aime pas les Portoricains, c'est tout. Mais je sais que tu ne voulais pas que cela arrive et que tu aurais dit quelque chose si cela était allé trop loin.»

«Je te jure que je ne les aurais pas laissés te prendre.»

«Je le sais», puis il dit que nous devrions tous oublier cela, que c'était bien pire pour moi que pour les autres.

«Eddie a raison», dit ma mère, «je préférerais largement perdre quelque chose qui m'appartienne plutôt que d'être responsable de la perte d'un objet d'autrui. C'est un fardeau insupportable.»

Tout le monde était d'accord avec ma mère, même Liz.

«C'est le pire», dit-elle. «Je veux dire, devoir mentir et se cacher tout en sachant que c'est entièrement votre faute. Je détesterais cela.»

«Tu aurais dû te confier à nous, Ariane», dit mon père, et ma mère ajoute qu'ils auraient pu m'aider.

«J'avais peur que vous ne soyez fâchés.»

«Oui, évidemment que nous aurions été fâchés», dit-elle, «mais nous t'aurions aidée et crois-moi, notre colère n'aurait pas été moitié aussi dure que ce que tu as enduré avec tous ces mensonges et cette enquête. C'était ça le plus horrible.»

Ensuite, mon père dit qu'il y a une chose dont il a été très fier et ma mère dit qu'elle sait à quoi il fait allusion et qu'elle est d'accord. Moi je ne voyais pas du tout ce dont ils parlaient.

«C'était très courageux de ta part, Ari», dit mon père.

«Que veux-tu dire, papa?» Je ne voyais vraiment pas ce que j'avais bien pu faire d'extraordinaire.

«Aller au secours de ce pauvre homme. Ces garçons étaient drôlement grands et costauds pour une fille de ton âge.»

«Je suis tout à fait de cet avis», dit ma mère et elle me serre contre elle. «Tu es une jeune personne très courageuse et nous sommes fiers de toi.»

«Je n'aime pas du tout voir quelqu'un se faire martyriser comme ça. Je trouve cela méchant et injuste», dis-je. Et Liz dit que je suis sans doute une spécialiste en martyre, et moi, je lui réponds: «Ouais, justement.» Et tout le monde a rigolé et je commençais à me sentir franchement mieux quand Neddy est entré.

«Eh», dit-il, «qu'est-ce que j'ai raté?»

«Rien du tout», dit Liz, et c'est probablement ce qu'elle a fait de plus gentil pour moi depuis l'époque où elle a empêché Neddy de découper le pied de ma poupée.

*

*   *

Tout ceci a eu lieu il y a déjà trois jours et les choses sont bien différentes à présent. Pour moi, du moins. Depuis ce moment-là, et tout spécialement depuis que je suis une bonne copine de Jane, j'ai vraiment changé.

Je crois que Neddy le voit lui aussi, parce que ces derniers temps il essaie de moins me taquiner et ces trois derniers soirs, bien qu'il m'ait beaucoup martyrisée au dîner, je n'ai pas pleuré une seule fois. Je sais que tout le monde s'y attendait et je les ai bien eus.

Hier soir, c'était le plus beau.

«Alors Ari», commence-t-il de sa super-voix de fausset qu'il prend pour se moquer de moi, «tu as emprunté quelques bicyclettes récemment?»

Je n'ai pas dit un mot, même pas levé les yeux, j'ai continué à manger, c'est tout.

Ma mère est intervenue avec sa voix alarmée: «Neddy, attention...»

«Je faisais que demander, man.» Et il retourne tout de suite à moi. «Dis donc, je ne trouve plus mon nouveau disque des Bee Gees. Tu ne l'aurais pas prêté à ta copine, le super-phénomène?»

Je me retourne vers ma mère. «Maman...»

«Je sais ma chérie. *Neddy!* Assez.»

«Pourrais-je avoir le dernier morceau de maïs?» je demande, comme si Neddy était absent.

Tout le monde cesse de manger et me regarde. Même Neddy.

«Si quelqu'un d'autre le veut, tant pis», dis-je.

«Non, non, non», dit mon père très vite, «tu peux l'avoir.»

«Absolument», dit ma mère approuvant immédiatement.

«Neddy», dit mon père, «peux-tu donner ce morceau de maïs à Ari?»

Là, Neddy se crispe. «Hé, si moi je le veux?»

«Tout de suite!» Mon père a sa voix de quand il ne blague pas, et Neddy se précipite sur le maïs.

Je regarde Neddy dans les yeux en lui adressant un beau sourire adipeux, et je lui arrache le maïs des mains.

J'ai trouvé un truc et jamais je ne le dirai à personne, sauf à Jane. C'est vraiment extraordinaire et ça marche. Voilà ce que je fais. Dès que Neddy commence à me taquiner, je me récite en moi-même ce poème qu'on a appris à l'école, l'année dernière. C'est *Le Corbeau,* d'Edgar Poe. Il y a plein de beaux vers comme: *Une fois, par un minuit morne, alors que sans vigueur et las, je méditais…* et ça continue comme ça. On peut le dire très vite, si on n'est pas obligé de comprendre le sens. Je me contente de me le dérouler à moi-même aussi vite que je peux comme si je faisais un concours pour voir combien de fois je peux le réciter jusqu'à ce que Neddy cesse de me taquiner.

Les deux premiers soirs, il a fallu que je le récite jusqu'au dernier vers deux fois de suite. Mais hier soir, au dîner, j'ai à peine pu arriver à la moitié. Cela marche vraiment très bien et lui ne comprend pas comment je fais. Personne d'ailleurs. Pas même mes parents, et pourtant ils sont intelligents. La nourriture est bien meilleure, en plus. Tout est meilleur sans le goût des larmes.

Je ne ressemblerai certainement pas à Jane en une

nuit. Je veux dire qu'elle est si forte en tout. Elle est tellement bien dans sa peau. Mais tout de même j'ai une manière d'être qui donne aux gens l'idée qu'ils ne peuvent plus me chahuter. Comme si je n'étais plus tout à fait le bébé que j'étais.

Et j'essaie aussi d'être comme Jane à propos des héritages. Maintenant que j'ai obtenu de Neddy qu'il ne me chahute plus, je suis assez contente de moi, de mon intelligence supérieure. Et vous savez, même les héritages ne me font pas si mauvais effet. Je les vois différemment, comme dirait Jane. Des extra, des bonus, et ça m'est égal de savoir qui les a eus avant parce que quand ils sont à moi, ils le sont vraiment.

Il y a aussi un truc que j'ai fait exactement comme ce qu'a fait Jane avec son lit superposé. Sauf que moi, c'est avec un kimono. Liz était en train de nettoyer ses tiroirs, elle mettait toutes sortes de vieux trucs dans des sacs d'emballage et elle m'a dit que si je descendais pour lui chercher du dissolvant, elle me laisserait fouiller et garder tout ce que je voudrais. Il n'y avait quasiment que des chiffons, sauf ce vieux kimono qu'elle avait toujours sur le dos à une époque. (Je l'ai toujours adoré.) Certaines coutures étaient défaites et il manquait la ceinture. Mais ma mère a tout recousu à la machine et elle m'a même fait une ceinture toute fine avec un bout en trop de l'intérieur. Quand elle a eu fini, il était comme neuf. Je ne peux pas attendre pour le porter.

Aujourd'hui, à peine rentrée, je me mets en kimono. J'écoute à sa porte le moment où elle aura fini de téléphoner pour pouvoir le lui montrer.

Elle est au téléphone avec Eddie, et c'est d'un ennui mortel. Il n'a jamais l'air drôle quand il est ici, mais au téléphone, ce doit être un sacré clown parce qu'elle ne fait que glousser pendant toute la conversation. Finalement elle lui dit adieu, ce qui prend une éternité. Si ce n'est pas ridicule de dire au revoir à quelqu'un pendant dix minutes !

Hourra, elle a fini. Je frappe à sa porte.

« Qu'est-ce que c'est ? » dit-elle gentiment. On ne sait jamais, si c'était les parents.

« Est-ce que je peux entrer ? »

« Qu'est-ce que tu veux ? Je suis occupée. » De sa voix normale.

« Je voulais juste te montrer quelque chose. »

Un long silence. Puis elle dit : « D'accord, entre, mais dépêche-toi. »

Je pousse la porte et j'ai du mal à attendre parce que je sais qu'elle va être très étonnée.

« Tu te souviens de ça ? » je lui demande, tournant sur moi-même comme un mannequin.

« Où tu as retrouvé la ceinture ? » elle demande.

« Je ne l'ai pas retrouvée ; maman m'en a fait une nouvelle et elle a aussi repris toutes les coutures. »

Elle ne dit pas un mot de plus. Elle saute en l'air et cavale hors de la chambre.

« Maman, man... ! » je l'entends crier dans le hall.

Je vois bien qu'il va y avoir du grabuge, alors je fonce derrière elle. Ma mère est en train de préparer des boulettes de viande dans la cuisine. Elle est devant le fourneau et roule de petites boules puis les plonge dans une grande casserole de sauce bouillante. Des boulettes aux spaghetti, mon deuxième plat préféré au monde!

Je ne sais pas si je vais dîner avec mon kimono parce que cette nourriture est vraiment molle et que ça coule et je ne veux pas faire de taches dessus.

«Mann...» Liz chigne. «Pourquoi as-tu réparé le kimono pour Ari?»

«Parce qu'elle me l'a demandé.»

«C'est pas juste. Je ne lui aurais pas donné ma robe de chambre préférée si j'avais su qu'elle pouvait être réparée.» Puis elle se tourne vers moi et d'une voix assez gentille elle me dit: «Ari, j'ai changé d'avis.»

Oh non, ma belle robe de chambre. Je ne dis rien. Je regarde ma mère. Elle continue à rouler ses boulettes.

«Maman...» Liz est vraiment furieuse. «Je veux reprendre ma robe de chambre.»

A présent, ma mère cesse de rouler et s'essuie les mains sur du papier de cuisine. «Je ne sais pas, Elisabeth.»

«Tu sais bien que c'est ma robe de chambre, maman, c'est toi qui me l'as donnée.»

«Alors, pourquoi l'as-tu donnée à Ari?»

«Je ne la lui ai pas donnée.»

«Si, tu me l'as donnée!» dis-je.

«Non, ce n'est pas vrai. Je l'ai mise à la poubelle et je t'ai dit que tu pouvais chercher dans les sacs et prendre ce que tu voulais. Nom d'un chien, ce que tu es ingrate!»

A ce moment-là, ma mère s'assied sur le tabouret et dit très calmement à Liz: «Il me semble que tu as donné la robe de chambre, qu'Ari se l'est appropriée et que maintenant c'est la sienne.»

«Elle est à moi et je la reveux!» Elisabeth a tout à fait une voix de bébé. Moi je ne dis rien. Je retiens seulement ma respiration et je regarde intensément ma mère.

«Eh bien, Ari», dit ma mère, «je crois que c'est à toi de décider.» Liz s'approche de moi, et tandis que je la regarde, son visage commence à changer. Exactement comme celui de Neddy, mais à l'inverse. Le visage de Liz passe de la colère noire, par la neutralité totale, vers la gentillesse et enfin à la guimauve sirupeuse la plus délectable.

«Ari», dit-elle, s'approchant si près que je crois presque qu'elle va m'embrasser, «tu sais comme j'aime cette robe de chambre.»

J'approuve.

«Et que je la mets tout le temps.»

«Euh euh...»

«J'aimerais bien la ravoir.»

Je tourne de nouveau les yeux du côté de ma mère, mais elle secoue négativement la tête et dit: «Je ne peux pas intervenir là-dedans. Il faudra vous débrouiller toutes seules, les filles.»

Moi contre Liz. Oh, non...

Voilà le sirop qui se remet à déborder. Liz demande: «Je pourrais te donner mon bougeoir que tu aimes tant, ou mon peigne en argent...»

J'adore ce peigne. Mais j'aime mieux la robe de chambre.

«Euh euh», je réponds.

«Je te le demande à genoux.» Je n'arrive pas à croire que Liz m'ait vraiment dit cela.

Je n'avais jamais eu l'occasion de dire non à Liz sur quoi que ce soit auparavant. Malgré son extrême gentillesse, j'ai peur.

Je secoue la tête en disant non, encore, et le délicieux sourire commence à se tordre en faciès de chat méchant, la lèvre supérieure a l'air d'avoir des moustaches et je regarde autour de moi pour voir ma mère mais elle nous tourne le dos et elle roule de nouveau les boulettes. Je suis complètement seule devant l'armée Elisabeth.

«Tu as intérêt à me rendre cette robe de chambre ou tu vas le regretter.» Je tourne de nouveau les yeux vers ma mère mais c'est comme si elle n'était pas là.

Comme d'habitude j'ai une boule qui grossit dans la gorge, et des larmes plein les yeux.

«Je ne ferai plus rien pour toi, jamais. Sauf si tu me rends *ma* robe de chambre.»

Unefoisparunminuitmorne...

«Alors?»

...Alors, alorsquesansvigueuretlasjeméditais... Les larmes rétrécissent et j'avale mieux... surmaintbizarreetcurieuxvolumerecelantunsavoiroublié.

«Je te préviens...

Alors que je dodelinais la tête assoupi presque il y eut soudainuntapotement...»

«RENDS-MOI MA ROBE DE CHAMBRE IMMÉDIATEMENT!»

«Non.»

C'était moi. Si doucement que je ne sais pas si elle m'a entendue.

«Tu pues, sale mioche!»

Elle m'avait entendue.

«Je te déteste!» crie-t-elle et elle sort de la pièce en courant. Je ne bouge pas. Peut-être que je ne bougerai plus jamais. Il fait calme dans la cuisine à part ce bruit de la sauce qui bouillonne. Quelque part, dans le fond de l'appartement, Liz continue sur sa lancée en disant que je ne pourrai plus rien lui emprunter, ni rien utiliser, ni lui parler, ni rien. A présent, ma mère se retourne et me regarde. Il y a comme un minuscule sourire au coin de ses lèvres pendant une seconde et elle retourne à ses boulettes.

Je me demande combien de temps je pourrai rester dans la cuisine.

Tout à coup un grand calme s'installe dans le fond de l'appartement.

J'entends les pas de Liz qui revient vers la cuisine et j'ai envie de m'enfuir ou de me cacher ou de faire n'importe quoi. Mon cœur bat si fort que j'ai les oreilles qui sonnent.

J'entends ses pas lourdingues qui arrivent par l'entrée de derrière, la salle à manger, l'office et la voilà. Elle est furieuse et je m'attends presque à voir de la vapeur lui sortir de la tête.

«Ari...» Je sursaute. Elle a une voix si méchante qu'elle a l'air d'une sorcière. Je ne veux même plus l'affreuse robe de chambre.

«Est-ce que tu crois... euh... que peut-être je pourrais te l'emprunter un jour?»

«Euh?» J'ai du mal à en croire mes oreilles.

«Tu crois que je pourrais t'emprunter ma robe de chambre parfois?»

J'ai gagné. J'ai gagné face à toute l'armée Elisabeth. Toute seule. Je crois que le moment est venu de rendre à Elisabeth toutes les atrocités qu'elle m'a fait subir. Je pourrais lui faire exactement ce qu'elle m'a fait à moi. C'est facile, vous savez. Il suffit de se mettre debout, l'un contre l'autre, de se regarder droit dans les yeux et de hurler: «Non! Jamais! Jamais tu ne m'emprunteras ma robe de chambre. Jamais! Pas pour toute la durée de ton existence, vermine! JAMAIS!!!» La plupart du temps, c'est assez pour faire beaucoup souffrir l'autre. Et je suis bien placée pour le savoir.

Mais je n'ai pas l'intention de faire cela. Vous vous souvenez, j'avais dit que jamais je ne la traiterais de la façon dont elle m'a traitée. Eh bien, je ne céderai pas. Surtout parce que je déteste être méchante comme ça. Je n'aime pas l'effet que ça fait à l'intérieur. En ce moment, je suis si bien que je souris à tout et c'est dur d'être méchant quand on se sent si bien. Alors, je dis à Liz d'une voix très gentille: «Peut-être. Ouais, pourquoi pas?» Je la regarde et je continue à sourire.

«Bon», dit Liz, et elle se met un peu à sourire elle-même. «Bon, ben, c'est sympa.»

